배신하지 않는 것은 월급뿐이야

속지 않고 버티면서 회사에서 즐겁게 살아남기

배신하지 않는 것은 월급뿐이야

속지 않고 버티면서 회사에서 즐겁게 살아남기

글·그림 박지연

사무사책방
Flaneur

모든 직장인들에게, IT 업계 동료들에게, 그리고
보스들에게 이 책을 바칩니다.
사랑합니다,

……

아시죠? 저 거짓말 못 하는 거.
기회가 있을 때마다 늘 말해왔지만,
저 같은 사람도 있는 거예요.

책머리에

나는 말할 자격을 어떻게 얻을 수 있는지 잘 모르겠다. IT 대기업에서만 14년을 일했고, 다른 사회는 어떻게 유지되는지 거의 알지 못한다. 좁은 우물 바닥에서, 일에 정신없이 몰입해야만 경쟁에서 살아남는 힘든 회사생활을 했는데, 10년 전에는 번아웃Burn Out으로 인한 우울증으로 정신과 폐쇄병동에 입원했다. 정신병동에서의 생활은 인생의 전환점이었다. 외과 수술의 후유증으로 알코올중독에 빠진 환자, 큰 사고로 뇌를 다쳐 인지능력이 떨어진 환자들을 만나 대화하면서, 번아웃 따위를 호소하는 건 어린애 땡깡부림 같다고 생각했다. "아가씨는 아직 덜 아파봤어요"라고 어떤 환자가 내게 지적했던 바대로, 나처럼 운 좋은 사람은 스스로 배부른 위치를 정확히 계량하며 사는 것이 드넓은 세상 앞에 가져야 할 마땅한 태도인지도 모른다.

퇴원한 후에도 여전히 열심히 일했지만 나는 오래도록 폐쇄 병동의 환자들을 떠올렸다. 그러면서 너무하다 싶을 정도로 스스로를 객관적으로 직시하는 습관, 그리고 몸담은 사회를 한 발짝 떨어져 지켜보는 습관이 생겼다. 나는 나를 비롯한 우리 동료들이 거의 비슷한 고통에서 잘 헤어나오지 못하는 것을 발견했는데, 대개는 이런 것이었다. 자신만의 길을 스스로 개척해온 경험에 집착하고 과거의 자기 효능감을 이어가고자 하는 열망, 업계의 빠른 변화에 기민하게 대처해야 하는 압박, 이 압박에서 야기되는 포지션의 불안과 이를 극복하려는 전문성 경쟁, 성실하게 지내도 쉽게 말할 자격을 얻지 못하는 처지, 형식적 다원주의와 실질적 파벌주의 사이에서 쌓여가는 혐오, 어설픈 수평문화에서 나오는 억지 매너와 은밀하게 작용하는 권력을 향한 물밑의 분노, 등등. 나는 도저히 끝나지 않을 성장 압박에 짓눌리는 동료들을 향해 진심 어린 연민과 연대감을 느낀다.

그렇지만 또한 그들에게 이렇게도 이야기하고 싶다. 한 사람의 인생은 다채롭고 섬세한 시간들로 구성된 것이라, '매일매일의 현명한 생활인'보다 '언제나 이기는 특수한 개인', 즉 리더나 전문가, 구루, 대표, 유명인으로 사는 데 집중하는 것이 훨씬 더 가치 있다고 주장할 이유는 없다. 대개 평범한 시민들이 그렇듯이 나 또한 여러 이유로 매달 끊김 없는 월급에 매달리며 살아야 하는데, 월급은 자유의 발목을 잡는 족쇄이지만 일상의 직물을 촘촘히 짜나갈 소중한 씨앗이기도 하다. 그런데 월급은 이번 달을 잘 지나가야만, 매일을 꾸준히 살아내야만 나오는 게 아닌가. 쏟아지는 시간 시간을 잘 받아내려면 아니나 다를까 현명한 태도가 필요하다. 때로는 각자의 불안 위에서 본인과 타인에게 정신없이 칼을 휘두르다가도, 잠시 멈춰 숨을 골라야만 이 깊은 새벽이 잠잠히 지나가고는 하는 것이다.

나는 '경쟁은 불필요하다'라든지, '서로 사랑만 하고 지내자', 또는 '적당히 하면서 살자'라는 이야기는 못하겠다. 치열한 경쟁적 일상은 영화가 아니라 지독한 현실이라, 우리는 수시로 서로를 이용하고 이용당하며 이득을 취할 것이다. 그러나 때때로 깊은 피로에 잠길 때, 도구가 되어버린 타인을 한 명의 빛나는 영혼으로 복구해보면 어떨까 한다. 그

땐 햇살 아래에서 함께 음악을 듣고 커피를 마시고 싶다. 아마 나는 질문을 던져볼 것이다. 따져 묻는 것이 아니라 안부를 묻는다. 피곤하지 않아? 실은 어떻게 해야 할지 잘 모르겠지 않아? 저쪽으로 가볼래? 나 먼저 가볼까? 같이 여기까지만 할까? 그리고 함께 대화한 이를 돌아보지 않고 또다시 나의 길을 간다.

나는 말할 자격을 어떻게 얻을 수 있는지 잘 모르겠다. 내가 제안할 수 있는 자격을 갖춘 사람인지 잘 모르겠다. 다만 나는 말할 자격을 얻지 않고 그냥 내가 할 수 있는 이야기를 하려고 한다. 이 책에 수록된 글들은, 정신과 퇴원 후 매일매일을 현명하게 지내기 위해 쓴 일기를 선별해 모은 것이다. 나는 내 모습을 타인에게 허락받으며 살지 않기 위해 되도록 스스로에게 정직한 글을 썼다. 대개는 무언가를 다짐하고 결심하고 흘려보내기 위한 메모들이었다. 또한 이 책에는 내가 만난 보스들을 비롯해 다양한 유형의 직장인 군상이 비판적으로 묘사되어 있다. 그러나 스스로 그 입장이 되어보지 못하고 피상적인 관찰만 했다면 글을 쓸 수 없었을 것이다. 여기에 묘사된 모든 어리석은 모습이 내게도 똑같이 있었고, 나 또한 타인에게 매번 실수하며 살았음을 고백한다. 부디 서로가 서로를 용서할 수 있기를 바란다. 수록된 일러스트들은 글의 내용과 직접적으론 관계없지만, 일상적 상처를 치유하는 데 도움이 되었기에 혹 독자분들께도 어떤 즐거움을 드릴 수 있을까 하여 함께 구성하였다. 이 책을 통해서 오랜 그림들을 공개할 수 있어 너무 기쁘다.

마지막으로 책을 낼 수 있게 도와주신 모든 사람에게 감사의 말씀을 전한다. 부모님, 남편, 동생 내외, 내가 만난 모든 동료들과 보스들, 사무사책방의 식구들에게 사랑을 '수줍게' 보낸다.

차례

1. 내가 너한테 왜

2. 다 안 해도 된다니까

3. 회사가 너무 싫을 때

4. 나를 확장하는 법

5. 휴가지에서-'Life Goes On'

1
내가 너한테 왜

정말로 오래된 세뇌

나는 세상에 대해 아무것도 모르고 있다

권력과 지위, 돈을 가진 사람들에게서 멍청함을 발견하면
너무 화가 난다.

높은 자리와 많은 돈과 강한 힘은 똑똑하고 능력 있고 뛰어
난 사람들이 차지할 수 있다는 오랜 세뇌에서 아직도 헤어
나오지 못하고 있기 때문이다.

패악질

패악질은 권력자가 머리를 쓰지 않고 일을 굴리는 가장 쉬운 길이다. 사람들의 자존심을 긁으면서 아무 말로 분위기를 험하게 만들어보라. 그다음 진행되는 일사불란한 일 처리 속도의 쾌감을 한 번이라도 맛본다면 패악질은 끊을 수 없다.

험담질은 조직이 머리를 쓰지 않고 세를 불리는 가장 쉬운 길이다. 다른 조직의 부족함과 모자람을 큰 목소리로 끊임없이 소문 내라. 타인의 평판을 낮추는 방법으로 자신의 포지셔닝에 시간과 기회와 이익을 얻어본 사람은 험담질을 끊지 못한다.

지적질은 초심자가 머리를 쓰지 않고도 주위 사람들에게 올바르고 똑똑하게 보이는 가장 쉬운 길이다. 이것도 문제고 저것도 문제고, 자신을 뺀 모두가 산적한 문제를 방치하는 데 동참했다고 해보라. 지적질을 통해 자신의 일거리를 만드는 데 습관이 된 사람들은 그것을 끊지 못한다.

패악질, 험담질, 지적질은 그 적나라한 성격 때문에 원하는 결과를 빨리 본다. 이렇게 고민 없는 방식으로 자기 효능감을 높이면서 기회를 잡는 데 중독되면, 조직 지능은 점점 낮아지는 반면에 자기가 뭔가를 잘한다는 착각은 점점 커진다.

가장 멍청한 것은, 이 세 가지 스킬을 계속 쓰는 자들에게 기회를 주는 시스템이다. 기회를 두 번 줄 것도 없다. 첫 무대에서 가장 먼저 시전한 스킬이 저 셋 중에 하나인 사람은, 그다음에도 반드시 그 스킬을 쓴다.

왜 자꾸만 이런 자들이 기회를 얻는가? 기회를 주는 것을 미덕으로 포장하는 사회적 관습 때문이다. 그러나 사실 미덕은 가면이다. 별다른 대안도 뾰족한 수도 없는 시스템에서는 그저 목소리 큰 잔머리꾼에게 기회를 줘볼 수밖에 없다. 그리고 그 셈이 제대로 작동하지 않으면 그냥 방관하며 저들끼리 자연스레 정리되길 기다릴 뿐이다. 이 또한 책임을 회피하는 가장 쉬운 길이다.

패악질 2
패악질 떠는 상급자에 대처하는 법

패악질은 힘에 대한 인식에 근거한다. 힘이 센 사람이 약한 사람에게 일방적으로 행동할 수 있다는 믿음이 패악질을 부추긴다.

패악질을 떠는 권력자에게는 똑같은 형식의 패악질을 시전해주면 하나같이 당황한다. 자신이 더 강한 사람이라는 그림이 깨졌을 때를 예상해보지 못했기 때문에, 권력자는 순간 대응력을 잃고 만다. 권력자가 아랫사람과 패악질로 힘겨루기를 하는 것만큼 우습고 민망한 일은 없다. 권력자는 쪽팔린 것을 가장 싫어하므로, 일단은 당장의 위압적인 행동은 멈출 것이다.

권력자에게 복수를 당할까 겁이 날 수 있다. 그러나 자신의 힘에 취해 있는 권력자라면, 부하 직원에게 앙심을 품은 것이 티가 나는 게 더 민망한 일이다. 겉으로는 그 일을 넘긴 척, 수용하는 척해야 윗사람으로서 좀스럽지 않게 보일 수 있으니 당장에 큰일은 생기지 않고, 시간도 잘 흘러갈 것이다.

시간을 벌어둔 우리는 다른 동료들과 연대해야 한다. 권력자를 내쫓을 계획을 짜는 것이 아니다. 그런 계획은 어차피 성공 확률이 낮아 효과적이지도 않다. 정직하고 성실하게 일하며 많은 동료들과 신뢰를 쌓아가야 한다. 특히 작은 조직을 리드하는 중간 관리자라면 팀원들을 '더 위로 모신다'는 마음가짐으로, 행동양식에 대한 두터운 신뢰를 쌓아야 한다. 지위적 약자를 대하는 태도는 문화와 시스템으로 자리잡고, 이미 자리잡은 시스템은 함부로 무너뜨릴 수 없다. 나를 신뢰하는 조직원이 많으면 많을수록 권력자의 은밀한 복수에도 버틸 수 있는 힘이 생긴다.

어디에, 누구에게, 어떤 방식으로 힘을 쓸 것인지 선택하는 방식이 내가 누구인지를 보여준다.

쫄보족
타인을 습관적으로 무시하는 사람은
고쳐 쓸 것이 아니라 내쳐야 한다

타인을 습관적으로 무시하는 사람은 고쳐 쓰기 어렵다. 누군가 자신이 좀 알 것 같은 일을 하면, 수준 낮은 일을 한다며 무시한다. 누군가 자신이 접근하기 어려운 일을 하면, 그 사람이 뭘 하는지 모르겠다며 무시한다. 그들은 남들의 일이라면 일단 모두 무시하고 본다.

무시는 말과 태도, 행동으로 드러난다. 드러나야만 무시를 행할 수 있다. 그러니까 무시는 애초에 티를 내기 위한 행동, 자신을 상대적으로 과시하기 위한 행동이다. 그리고 많은 생각을 하지 않아도 되는 편리한 자기 표현 방식이다.

스스로의 나약함을 직면하는 고된 훈련을 견뎌낼 힘이 부족하면 자기를 내세우는 방식이 점점 단순해진다. 그런 사람은 새롭고 낯선 것을 받아들이고 공부하는 데 게으르고 두려움이 많다. 부족함을 메우는 것은 귀찮은데, 드러나는 것이 무서우니 다른 사람들을 까내리는 것밖에는 못한다. 한마디로 그냥 데굴데굴 굴러다니는 쫄보라는 이야기다.

쫄보족들은 늘 타인에게 책임을 전가하며, 자신이 조직에 적응하지 못하는 것조차 남의 탓으로 돌린다. 쫄보족들의 무시가 기분 나쁜 것은 사실이지만, 일일이 대응할 필요는 없다. 그냥 마주칠 때마다 눈으로 이렇게 말해주면 된다.
"쫄?"

꼰대족
질문을 한다고 해서 다 답해줄 의무가 있는 것은 아니다
질문도 질문 나름이다

꼰대족은 한결같은 특징을 가지고 있다. 본인은 형편없는 수준으로 질문하면서 남에게는 본인이 듣고 싶은 적확한 답변을 원한다는 것이다. 그들은 본인의 질문이 어떻게 전달되는지 한 번 더 성찰하기보다는, 그 답변은 내 관심사가 아니라든지, 정황이 어떻든 말든 이렇게 해야 하는 게 아니냐 라든지, 난 그런 걸 질문한 게 아니었다든지, 난 배경은 필요 없고 이것만 알면 된다든지 하는 말을 서슴없이 한다.

꼰대족은 섬세한 질문을 생각하기 귀찮아하며 타인의 답변을 섬세하게 해석하는 것도 귀찮아한다. 그들의 체력이 몹시 떨어져 있거나 사고하는 역량이 부족해 머리가 피곤해서 그런 것이니 조금 이해해줄 필요가 있다. 스스로 1분 전에

28

질문한 내용마저 되씹을 힘이 없는 사람에게 복잡한 이야기를 해서 무엇 하겠는가?

꼰대족이 윗사람이라면 그냥 "넵" 해버린 후 잊어버리고, 윗사람이 아니라면 "뭔 소린지 모르겠다" 정도로 대응하고 말자. 그 사람을 위한 정밀한 답변을 꼭 내가 해줘야 하는 것은 아니다. 나는 검색창이 아니다. 말귀를 잘 못 알아듣는다고 그들이 나를 비난해도 하등 상관없다. 아무리 나 아닌 다른 사람에게 물어봐도 꼰대족들은 여전히 원하는 답변을 얻지 못할 테니까.

말방구 물리치기

말꼬리 잡는 헛소리꾼들을 어떻게 화내게 할까

회의를 하다 보면 주제에서 벗어난 말꼬리 잡기와, 헛소리, 절대 부정을 시전하는 사람들이 있다. 그런 사람들을 보고 말방구쟁이라고 한다. 말방구는 습관적으로 입에 배어 있는 것이라, 그런 사람은 지가 그런 방구를 풍기는지 잘 모른다. 보통은 지적으로 게으르고 논리의 토대가 허약하기에 쓰는 자기 방어 수법이다.

말방구쟁이는 남들이 자기 말에 말문이 막히는 게, 본인의 입씨름 실력이 좋아서라든지, 상대방의 멘탈이 약하기 때문이라고 착각한다. 말방구에 할 말을 잃는다면, 생산적 결론도 없이 그저 방구쟁이에게 수 시간 동안 정신 승리의 기쁨만을 안겨다줄 뿐이므로 절대로 그냥 넘어가지 말자. 방구쟁이는 모든 대화를 이겨 먹어야 할 전투 상황으로 상정하고, 승리의 도취를 통해 자기 존재감을 유지하기 때문에 계속 방구를 뀌는 전략을 취하는 것이다. 이럴 때, "너는 무슨 말방구를 뀌고 자빠졌어?"라고 정확하게 팩트를 짚어주면 노발대발 부들부들하는 모습을 볼 수 있다.

고매한 떡밥
뻔뻔한 이들과 함께 사는 법

"너는 너른 들판이니까 내가 너에게서 마음껏 뛰놀 수 있도록 해줘"라고 했던 옛 친구의 말이 기억난다.

글로만 보면 낭만적인데, 실제 대화의 맥락은 그렇지 않았다. 그 친구는 내가 자기보다 '더 강하니까' 어떤 상황에서든 자기의 실수와 잘못을 다 받아달라는 취지로 그렇게 말했다. 그 말을 처음 듣는 자리에서는 이 뻔뻔한 요청이 너무 어이없어 헛웃음만 나왔다. 그리고 화가 났다. 동갑내기 친구이면서 자신에게 유리한 대로 씌우는 '강자'와 '약자' 프레임 아닌가.

그 친구를 생각하자면, 수억 대 자산과 권력을 쥐고서 결정적 순간에 항상 '나도 너와 똑같은 인간'임을 호소하던 어떤 사람도 한 쌍으로 떠오른다. 그의 면전에서 대놓고 악에 받쳐 분노를 터뜨렸던 기억이 난다. 자신에게 유리한 대로 씌우는 '평등' 프레임의 뻔뻔함을 저격해서.

그런데 참 신기하게도 그토록 나를 화나게 했던 이 두 사람이, 사회생활을 하는 줄곧 내게 '그릇'의 크기를 얼마나 넓혀야 하는지에 대한 길잡이가 되어주었다.

타인에게 이성적으로나 정서적으로 안전 지대, 너른 들판이 되고 싶다. 그리고 어떤 순간에는 내가 상대적으로 유리한 위치에 있다는 것을 인정하고, 나의 말과 행동에서 배려와 올바른 책임을 지고 싶다. 60은 계산하되 40은 동심을 유지하는 그런 균형 잡힌 삶을 살고 싶다.

그러나 또 한편으로는, 그저 자신의 결점을 감추기 위해 던져지는 어설픈 도덕적 훈계의 떡밥을 즉물적으로 물어버리지 않도록 평소에 훈련을 좀 해둘 필요가 있겠다. '약자 보호'나 '평등' 프레임은 어떻게든 눈치채 피해갔지만, 결국 내 스스로 던진 '넓은 그릇'의 고매한 떡밥을 물어 현혹되었으니 말이다.

우리끼리의 약자 코스프레
굳이 그 프레임을 사용하고 싶다면

고만고만한 사람들끼리 모여 있는 회사에서는, 자신이 후발 주자이고, 남보다 힘과 자원이 없고, 원치 않은 피해를 입어서 틀림없이 '약자'에 속하며, 약자니까 말과 행동에 자유롭다고 생각하는 순간 반드시 일을 그르치게 되어 있다.

무슨 이유이든 약자 코스프레를 하겠다고 마음먹었으면 남들을 끝까지 제대로 속이겠다는 각오로 정교하고 일관성 있게 연기할 일이다. 어떻게 보면 코스프레도 겸손해야 잘된다. 내 말과 행동의 영향력을 제대로 알고 있다는 뜻이기 때문이다.

가스라이터 물리치기

나에 대한 주도권을 '남'에게 맡기지 말자

내게 관심도 없던 보스나 동료가 어느 날 갑자기 너무나 생뚱맞은 평가를 하며 공격해올 때가 있다. 그런 일이 생기면 우선 침착하게 마음을 가라앉히자. 그리고 아, 가스라이팅이 시작되었다고 생각하면 된다.

가스라이팅은 보통 그들이 나에 대한 주도권을 갖지 못할 때 벌어지는 일이다. 자신에게 중요한 정보를 달라고 찡찡거리는 것에 불과하므로, 적당히 무시해주자. 가스라이터가 가장 싫어하는 것은 자기 몰래 멋진 일이 벌어지는 것이다. 그러므로 중요한 자리에서 배제하면 배제할수록 공격이 강해질 것이다. 부들부들 떠는 모습을 재미나게 구경할 수 있도록 더욱더 배제해주자.

가스라이팅에 흔들리는 모습을 보이지 않는 것은 중요한 포인트다. 가스라이터는 내게 나쁜 평가와 구슬리는 회유를 번갈아가면서 해오는데, 회유의 단계에서 따뜻한 언어를 능수능란하게 구사하므로 넘어가기 쉽다. 자칫 잘못하면 그루밍에 접어드니 초장에 쳐내야 한다.

가스라이터를 쳐낼 때는 반사 기법을 활용하자. "네가 일을 망치고 있다는 걸 모르니?"라고 물으면, "네가 망친 것을 프리스타일 랩으로 읊어줄까?"라고 묻자. "너는 너무 네 식대로만 일하고 있어"라고 말하면, "너는 무슨 일을 하는지 당최 현미경으로도 보이질 않아"라고 말해주자. 가스라이터는 의외로 타인의 가스라이팅에는 취약하므로, 금세 도망갈 것이다.

'일을 잘하라'
'잘한다'는 말의 허상

나는 '일을 잘하라'는 말을 합리적 요구로 받아들이지 않는다. 이 요구의 수준을 가만 들여다보면, 한 개인이 혼자서는 해낼 수 없는 것이 많다. 또 이 표현은 '쟤는 일을 잘하는데 너는 못한다'라든지, '너가 일을 잘 못해서 나도 일이 잘 안된다'라는 식으로 가스라이팅을 하는 데 주로 쓰인다.

'일 잘함'의 수준은 상황에 따라 달라진다. 사업적 상황이 여유로우면 모두가 잘하는 것이고, 상황이 박하면 서로 잘 좀 하라는 요구가 난무한다. 그러니 잘하라는 말은 대개 걸림이 많은 시기에 남을 탓할 때 쓰이는 표현에 불과하다.

'일 잘함'에는 실체가 없고 다만 취향이 있다. 나는 잘함의

쌓임이 결과도 잘 만든다는 과학적 증거를 찾지 못했다. 현실의 변수는 너무나 복잡하고, 상수는 '우리 모두가 부족하다는 사실' 딱 하나만 있다. 늘 그 진실을 어떻게든 숨기려는 대환장 파티가 벌어진다. 그런데 그 수법도 고작 네가 잘해라 어째라 하는 가스라이팅 정도로 고만고만하니 참 우스운 노릇이다.

분수의 강요

조언은 사절입니다

너무 잘하려고 하지 말라는 조언도, 자신을 '잘' 조절하라는 말 같다. 너무 다 알려고 들지 말라는 조언도, 자신의 분수를 '알'라고 하는 말 같다. '잘'과 '앎'만큼 대중적인 강요도 없는 듯하다.

누구와 무엇과 비교해서 잘하고 알아야 하는지는 모르겠지만, 지금 내 길에서만큼은 어떻게 해야 하는지 내가 가장 '잘' '알'고 있으니 조언은 사절이다.

내가 너한테 왜

모두에게 증명받으려는 것은
모두의 기준에 맞춰주겠다는 바보 같은 의미다

성실하게 현명하게 친절하게 꼼꼼하게 임해온 지난 시간을
다른 사람에게 증명할 필요 없다. 누군가에게 한 번 증명하
려 들면, 새로운 사람이 나타났을 때 또 증명해야 한다. 그러
다 보면 온 우주에 나를 증명하느라 인생을 낭비하게 된다.

모두에게 증명받으려는 건 모두의 기준에 맞춰주겠다는 의
미이니, 그것은 가능하지도 않지만 쓸모도 없다. 표준화된
핸드폰 충전 단자 같은 인간은 되어서 무엇하겠나? 인간은
마이웨이의 독특함을 유지해야 비로소 인간이다. 그러니 더
더욱 신에게조차 나 자신을 증명할 이유가 없다.

42

널 사랑하지만 나는 이제 가야 해
안타깝지만 언젠가는 사람들을 놔두고
나만의 길을 가야만 한다

나 스스로 중심을 잡고 바로 서기 시작하면, 불합리한 상황
에 세뇌당하고 굴복하는 타인들이 눈에 보이기 시작한다.
제아무리 내가 맞는 말을 할지라도, 선한 다수의 타인이 침
묵에 동참하면 나는 외롭고 고독한 사람이 된다. 외눈박이
세상에 두 눈을 가진 이상한 괴물은 오히려 내가 된다.

여러분! 깨어나세요! 부당한 말과 행동을 거절하세요! 말도
안 되는 일을 거부하세요! 자기 자신을 보호하세요!
비로소 떠나야 할 때가 되면, 한 명 한 명 붙잡고 이렇게 외
치고 싶지만, 아무리 감명 깊게 외쳐도 아마 대부분 미동도
하지 않을 것이다. 타인에게 자신의 진실을 강요하는 것도
폭력이니, 움직이지 않는 사람들은 그저 놔두고 나 혼자 다

음 스테이지로 넘어가는 수밖에 없다.

우리 모두 자기 자신만을 사랑하며, 오로지 자신을 위해서 저마다의 가치를 따른다. 한때 나는 이기적인 개인들에 실망했지만, 이제는 인간이 이기적이라는 사실이 힘겹지 않다. 나 또한 그 누구의 사람도 아닌 독립된 존재다. 나도 누군가의 기대를 항상 배신하며 살았을 테고, 내가 행복해져야 하는 순간엔 아무런 설명도 덧붙이지 않고 나만의 길을 갔다. 사랑했던 사람들, 그리고 지금 사랑하는 사람들, 모두 각별히 마음 쓰지만 그 누구도 영원한 내 사람은 아니다.

실망하지 않는다. 사람들이 나를 바라보지 않더라도. 목소리를 들어주지 않더라도. 고독 속에 잠겨 있다 하더라도. 휩쓸리지 않는다. 사람들이 나만 바라보더라도. 내 목소리만 듣더라도. 군중의 한가운데서 주목을 받더라도. 누가 누구를 따르는 체해도, 그 또한 자기 자신을 사랑한 결과일 뿐이다.

변한다. 조금이라도 변한 나는 이전으로 되돌아갈 수 없다. 이전까지 우리가 함께 공유해왔던 독특한 정체성의 표피는 사라질 것이다. 사람들은 예전의 내 모습을 더는 볼 수 없을 것이다. 그러나 나의 본질은 훼손되지 않고, 오히려 확장될 것이다.

나는 떠나지만, 한때 사랑했던 수많은 사람을 만난 덕분에, 나의 내면에 작은 방이 또 하나 생겨 있다. 거기에는 헤어진 이들을 언제든지 초대해 차 한 잔 대접할 공간이 있다. 먼지를 털어놓은, 보자기를 갈고 창문을 닦아놓은 따뜻한 추억의 공간이 있다.

♡ Mom's Cart ♡

선택적 둔감

내가 너무 예민하다며 피곤해 하는 '남들의 나에 대한'
민감한 반응은 사실은 선택적 둔감에 불과하다

자신이 유별나게 예민한지 어쩐지 매사 점검할 필요 없다.
예민한 걸 그냥 인정하고 가는게 뭐 특별히 문제 될 것은 전
혀 없다. 바늘처럼 감각을 찔러대는 아프고 짜증나는 날들
은 분명히 있다. 추우면 옷을 더 껴입어야지, 추운 날씨나 추
운 감각을 없는 거라고 부정해봐야 아무 소용없다.

예민한 반응이 불편하고 과하다는 남들의 지적은, 가장 알
아채기 쉬운 종류의 가스라이팅이다. 문제의 핵심을 내 성
격 책임으로 돌리기 때문이다. 문제는 언제든 터질 수 있다
고 관대하게 말하면서도, 문제를 예민하게 인지하는 사람만
큼은 유난스럽게 피곤해하는 사람들이 있다. 이는 그저 선
택적 둔감에 불과하다. 선택적 둔감러들의 예외적 예민함에

함께 휘둘릴 필요 없다.

다만 예민한 사람들에게 필요한 것은 불안한 한때를 잘 지나쳐 보내는 훈련이다. 어떤 문제라도 충분히 스스로 콘트롤하고 해결할 수 있다고 믿으면서, 상황을 더욱더 가볍게 취급하는 연습을 할 필요가 있다. 1년짜리 문제를 6개월짜리 문제로 쪼개고, 이걸 다시 한 달, 그리고 하루짜리로 쪼개서 전모를 파악할 수 있는 수준으로 쪼그라뜨리면 된다.

이게 문제에요! 그걸 문제라고 하는 너가 문제에요! 내 예민함을 지적하는 너가 문제에요! 끝도 없는 즉시 반응 페스티벌에 시간을 흘려 보내기에는 우리의 지적 능력이 너무 아깝다.

성찰
나와 타인을 공정하게 대해야 한다

어느 날 문득, 나 스스로에게는 성취, 성장 같은 '확장'의 가치를 끊임없이 요구하면서, 남 앞에서는 배려, 반성, 섬세 같은 '수렴'의 가치를 내세우는 내 모습이 이상하게 느껴졌다.

나는 그동안 본인의 성과에만 관심을 갖는 이기적인 사람을 싫어했다. 그런데 되돌아보니 그런 사람들은 자신의 자리를 넓히기 위한 논리로 내게 이타주의를 역설하며 '배려'를 요구하고는 했다.

나는 꼭 그렇게 꼴보기 싫은 사람들을 발견한 후에야, 다른 가치를 배우게 되는 내가 부끄럽다.

존재감도 중독

"나 이런 사람이야"라고 끊임없이 생각하는 건 중독이다

존재감은 만나자 마자 곧 헤어지는 손님이다.

나는 내가 꽤 멋지다거나 바보 같은 인간이라는 걸 매 순간 인식할 만큼 정신이 복잡한 사람이 아니다. 대부분 시간 동안 나에 대한 생각은 텅 비어 있고, 꽉 찬 존재감이란 우연에 의해 잠깐의 기분으로 왔다 갈 뿐이다.

꽉 찬 존재감, 그 기분이 무지무지 황홀하다는 것은 인정한다. 그러나 아무래도 자신의 존재감을 유지하기 위해 무리한 행동을 하는 사람은 약 중독자 같은 상태가 아닐까 하고 스스로를 경계한다.

다짐

내 생각과 의견은 정말로 치열하고 소중하지만
그것을 표출하는 데는 배려와 선택이 들어가야 한다고
생각한다.

다짐 2

누군가 내게 공짜로 세상을 밝혀달라고 한다면 어림 반 푼 어치도 없다.

요청해라. 정중하게!

그렇게 해도 나는 거절할 수 있다.

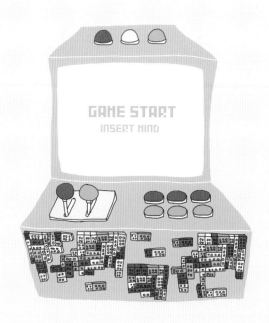

판단할 수 없다
좋고 나쁨은 한때의 감정이다

지독하게 나쁘다고만 생각했던 과거의 일이 계속해서 좋은 결과로 이어진다. 무슨 대단한 인생의 법칙이 있는 게 아니라, 그저 요즘 행복하다는 뜻이다. 그러니 곧잘 이렇게 생각하게 된다. 나쁜 일, 좋은 일이라는 게 뚜렷하지 않구나. 그저 한때의 판단과 감정인 것이구나. 나쁘면 다른 길을 모색하고, 좋으면 지금에 머물러 있으려 하니, 부정적인 감정이란 다음 스테이지로 넘어가는 시그널에 불과하구나.

다른 선택의 기회를 열어주는 다채로운 어리석음과 편견에 감사할 뿐이다.

숟가락 노노
내 성실함에, 남들이 숟가락 함부로 얹게 하지 말라

내가 겸손한 태도를 보이려고 노력하는 것은 나만의 소신과 철학을 지키기 위해서이지, 타인이 얕잡아보는 근거를 마련해주기 위한 것이 아니다.

내 삶의 성실함에 남들이 숟가락을 얹게 하지 말라.

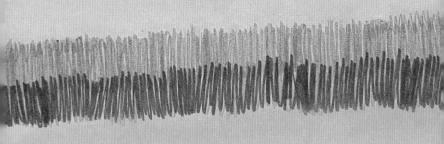

2
다 안 해도 된다니까

타인의 힘에 취하고 싶은 욕망
나는 간도 쓸개도 다 빼줄 것이다

누군가를 동경하는 마음이 곧 그의 힘에 취하고자 하는 욕망임을 알았다. 동경을 빌미로 그 사람에게서 혜택을 보고 싶었기 때문이다.

나는 아직 누군가의 동경을 받아본 적은 없는데, 혹시나 실수로 그런 상황이 생기면 내가 무슨 짓을 할지 뻔히 보인다. 아마 그를 성장시킨다면서 간도 쓸개도 다 빼줄 것이다. 나를 편애하는 보스에게 보답하려고 무식하게 일해준 것과 똑같은 메커니즘이다.

이용당하지 않기
내 사랑의 표현 방식은 항상 어리석었다

모든 사람의 내면에는 고귀하고 맑은 정수가 있다. 그렇지만 그 겉면에 오염된 것들이 붙어 있어서 온갖 어리석은 말과 행동을 한다. 누구에게나 사랑이 있지만, 누구나 그 사랑을 제대로 표현할 수 있는 기술이나 역량을 갖춘 것은 아니다. 또 사랑을 제대로 표현한다고 해서 그에 걸맞은 피드백이 온다는 법도 없다. 그래서 사랑은 그저 줄 뿐이지, 줘 놓고 뭔가를 도로 받을 생각을 하면 문제가 된다.

예전에 멍청한 짓을 참 많이 했다. 누군가 내게 사랑한다거나 좋아한다고 해주면, 나는 그게 기뻐서 친하게도 지내주고 일도 열심히 해줬다. 상대방이 나를 사랑해주고 좋아해주는 마음은 어느 정도 진심이었겠지만, 그 마음에 늘 보답하려고 애쓰는 나의 행동은 어리석었다.

시간이 어느 정도 지나자, 나를 좋아해주기만 하면 내가 뭔가를 해주는 걸 이용하는 빨대족이 주변에 득시글거렸다. 어느 날 나 또한 양보를 요구해보았는데, 그들은 자신의 것도 아닌 것을 틀어쥐고 들은 체도 하지 않았다. 자신들이 늘더 힘들고 곤란한 상황이라며, 내가 강했는데 변했다고 했다. 내가 변한 게 맞다. 좀 더 똑똑해졌다. 이용할 수 없는 사람이 됐다.

사랑이 있지만, 사랑하지만, 그간 내 사랑의 표현 방식이 어리석었다. 내가 누군가를 사랑한다고 해서 그 사람이 늘 나와 함께할 수 있다는 것은 아니다. 나와 대화할 자격이 있다는 것, 나와 함께 일할 역량이 된다는 것, 나와 무언가를 공유할 가치가 있다는 것은 결코 아니다.

고귀한 놀이

물질에 대한 집착이 삶을 망치듯
고귀한 정신에 대한 집착 역시 삶을 무너뜨린다

물질에 집착한 결과만 무너지는 것이 아니다.
고귀한 정신에만 집착한 결과도 무너진다.

인간의 한계와 욕망에 대한 존중, 배려, 성찰, 이해 없이
자기 자신의 고귀함만을 증명하기 위한
철학 놀이, 명상 놀이, 종교 놀이, 기도 놀이, 공익 놀이도
모래성처럼 무너진다.

잔다르크

자기를 버리는 착한 이타주의로 열심을 다하다
마침내 나가떨어지는

말 같지도 않은 책임감 때문에 자기 자신을 고되게 하는 사람들이 있다. 이들 잔다르크는 일이 부조리하게 돌아가는 꼴을 보지 못하며, 주변 동료와 가치 있는 일감을 지키고 싶어하는 정의롭고 선한 마음이 가득하다.

이들은 어떤 문제가 생겼을 때, 그 사건의 명확한 당사자와 책임자가 있음에도 본인이 나서서 사태를 수습하는 데 익숙하다. 워낙 오래전부터 해결사 역할을 해왔기 때문에 사건이 있는 곳에 틀림없이 소환된다. 주로 사용하는 무기는 순간적 분노와 논리적 말발, 깔끔한 정리 능력이다.

잔다르크는 특별한 직책이 없더라도 주변인들에게 은연중 리더십을 부여받는다. 늘 누군가를 보호하고, 조직을 대표하며, 남이 싸질러 놓은 똥을 치우느라 바쁘다. 이들이 나서기만 하면 골치 아픈 사안이 어떤 식으로든 정리되므로 주변에 응원하고 격려해주는 사람들이 많다. 정작 문제의 당사자들은 벽 뒤에 숨어 있다가 상황이 끝나면 슬며시 나타나 감사의 커피를 산다.

퇴락하는 조직에 있는 잔다르크는 자신이 헌신한 조직과 동료들, 가치 있는 일감들을 홀로 꾸역꾸역 지키다가 에너지를 바닥내기 일쑤다. 자기 자신을 방어할 힘조차 다 떨어진 어느 날, 이들은 회의실에서 보스에게 선을 넘는 자기 표현을 한 후 회사를 뛰쳐나온다.

잔다르크가 그토록 지키고자 했던 가치 있는 일들은, 더 이상 맡을 사람이 없기 때문에 종료 수순을 밟는다. 잔다르크가 그토록 지키고자 했던 동료들은 그의 빈 자리를 바라보며, 걔가 일 욕심이 참 많았지만 성격은 착했다고 회고한다. 그들은 커피를 마시다 각자의 자리로 돌아가, 다시 조직의 한 시절을 굴려줄 다른 잔다르크를 기다린다.

단언컨대 조직에는 몸과 마음을 갈아 바쳐 헌신하고 지켜야 할 가치 있는 일 같은 건 없다. 우리의 순백색 잔다르크는 여러 번 같은 경험을 당한 뒤에야 이런 사실을 깨닫게 될 것이다. 그러나 또 한편 그들에게는 한때의 고난을 통해 잘 훈련된 자신만의 조직 적응 시스템이 남게 되므로, 앞으로 그리 쉽게 무너질 사람들이 아닌 것만은 분명해 보인다.

양보족

양보하는 인간은 뜻밖에 흔한 유형이다
모든 일이 그렇듯 그것에도 빛과 그늘이 있다

의외의 사실이지만, 직장에서 지겹도록 흔하게 찾아볼 수 있는 유형은 '양보하는 인간'이다. 이 유형은 다른 사람의 무능함, 나쁜 태도, 무관심, 개떡 같은 요구를 참아내고, 늘 자신이 조금 더 무언가를 해보려고 애쓴다. 눈에 뻔히 보이는 일을 아무도 하고 있지 않을 때, 자신이 뭔가를 해주면 조금이라도 진도가 나갈 것 같을 때, 잠깐의 불쾌함을 견디면 일이 굴러갈 것 같을 때, 양보하는 인간이 나선다.

양보하는 인간은 '잔다르크'만큼 사업의 선봉에 서지는 않지만, 일을 중심으로 움직인다는 점에서 직장에서는 꽤 책임감이 있는 부류다. 이들은 꼭 해야만 할 일을 배척하는 것을 싫어한다. 다만 이런 점은 있다. 잔다르크는 다른 사람이 할 일도 본인 일이라고 생각하지만, 양보하는 인간은 반드시 본인이 할 일은 아니었음을 의식하는 편이다. 양보하는 인간의 마음 속에는 채권 채무 목록이 은밀하게 새겨져 있다.

양보하는 인간은 습관적으로 평화로움을 추구한다. 그래서 주어진 상황에 자신을 끼워 맞춰 균형을 찾으려 든다. 그러나 계속해서 이 평화를 유지하려면 점점 더 많은 에너지가 들어가기 마련이다. 이 유형은 늘 '이번에도 내가 양보했다' 고 생각하지만, 앞으로 상황은 별로 나아지지 않는다. 양보는 이들 정신 속에서만 일어나는 활동이라, 남들은 무슨 일이 벌어지는지 눈치채지 못한다. 이런 이유로 양보하는 인간의 손해 감정은 차곡차곡 쌓이게 된다. 이들은 시간이 지나면 '호구'나 '하수구'가 되어버린 상황에 분노한다.

불행하게도 양보하는 인간은, 일이 많은 것치고 정당한 보상을 받기가 좀 어렵다. 아예 그 일의 책임자가 되면 속이나 시원하겠는데, 의외로 명확한 책임도, 자신의 일을 도울 사람도 잘 붙지 않는다. 애초에 눈에 띄지 않았고 누구도 인지하지 못했던 업무를 자처해서 해왔기 때문이다.

양보하는 인간은 이 시점부터 '전문성 업무'와 '호구성 업무'

가 정말로 무 자르듯 나눌 수 있는지 강한 의구심을 품는다. 눈에 띄는 업무, 누구나 선호하는 업무만 하려고 드는 게 옳은 행동인지 분개하며 따진다.

양보하는 인간의 문제제기는 정당하다. 전문성 업무와 호구성 업무는 원래 한 몸이다.

그러나 잘못은 '남들이 눈에 띄는 업무만 하는 것'에 있지 않다. 본인의 것이 아닌 일을 가져와버린 것, 이제 그 일을 하지 않으면 본인의 일이 굴러가지 않게 돼버린 것이 문제다. 나는 누구인가, 나는 무엇을 해야 할까? 근본적 질문에 대한 답을 차일피일 미루고 평화, 조화, 균형, 기여, 부드럽고 나이스한 업무 흐름을 더 중시한 대가다.

우리는 누구든 조직의 평화 유지에 나설 필요 없다. 나 스스로 온전히 나만의 일로 바로 선 다음, 타인이 제 할 일을 하지 못하여 내 일에 방해될 때만 그 점을 명확히 짚어주면 될일이다. 지금 갖추어져 있는 조직의 '형태 유지'는 회사의 본질적 과제가 아니다. '내'가 그 조직에 지속적으로 포함될 구성원인가 아닌가도 회사가 고민할 문제는 아니다. 최고 경영자라도 이는 피할 수 없는 처지다.

그리고 또 한 번 강조하게 되지만, 회사에는 꼭 해야만 하는 일이라는 건 없다.

다 안 해도 된다니까

정말 일하기 싫을 때는
이런 생각을 한다.

회사에서 뭔가를 꼭 이루어야 할 필요 없다.
잘 생각해보면 다 안 해도 그만인 일들이다.
이 세상에 굳이 없어도 되는 일들,
중간에 포기해도 누가 뭐라고 하지 않는 일들이다.
하다 만다고 해서 결코 내 인생이 빛을 잃지 않는다.

시간이 남는 모양이야
입방정 떠는 그이들에게 그 일을 딱 떼어 맡겨보기

다른 동료가 하는 일을 유독 쉽게 평가하는 사람들이 있다. 그 일은 그렇게 하면 안 되며, 사실 별것도 아니고, 그 사람이 그 일을 맡았기 때문에 잘 안 돌아가며, 본인이 하면 더 잘될 거라는 식이다.

이런 말들이 듣기 싫다면 좋은 방법이 있다. 바로 그 일을 딱 떼어 그 사람에게 위임하는 것이다. 그러면 언제 그랬냐는 듯이 박한 평가가 쏙 들어간다. 그리고 약속이나 한 것처럼 그 일은 이상적으로 잘 돌아가지 않는다.

내 시간을 쏟아 공들여 해놓은 일을 입만 터는 사람들에게 주기 싫은 마음은 백번 이해하고도 남는다. 그런데 그 일이 잘 안 돌아간다고 내 월급이 떨어지지는 않는다. 또 그 일이 성공한다고 하더라도 내게 정당한 보상이 온다는 법이 없기 때문에 어떤 일을 특별히 쥐고 있을 필요가 없다.

이런 것도 있다. 만약 누군가 내 일에 대해 함부로 입을 털고 다닌다면, 내가 너무 많은 일거리를 점유했다는 시그널일 수 있다. 오로지 나만 일하는 사람으로 비쳐지면 상대적으로 한량으로 보이는 사람들에게 질투를 산다. 회사생활을 하면서 배우고 있는 걸 굳이 꼽자면, 아마도 그건 업무 능력이 아니라 인간 보편에 대한 이해일 것이다.

찡찡이들
내게 말을 걸 수 있을 때가 그나마 다행인 줄 알아

회사에서 일하다 보면 꼭 한 번쯤 이런 부류를 만난다. 내 역량을 100이라고 했을 때 본인은 항상 120쯤 된다고 믿고 떠드는 사람. 그런 사람의 공통점은 아래와 같다.

1. 일하는 당사자는 나고, 본인은 별 상관없이 지켜보는 입장이다.
2. 틈만 나면 뭔가를 조언하려고 한다.
3. 조언의 내용이 일률적이다. 본인은 옛날에 비슷한 일을 할 때 항상 '혼자', '더 빠르게', '더 정확하게' 해냈다.
4. 조언의 마무리가 일률적이다. 참 수고가 많으며, 내 '체력'과 '경험'이 부족해 보이고, 내 '주변 여건 상' 퍼포먼스가 따라주지 않는 것을 '이해'한다.

5. 듣고 보니 조언이 아니었어!?

이들은 사실 이렇게 찡찡대는 것이다. 본인 또한 예전에는 욕심만큼 잘해내지 못했고, 성과와 성장으로 더러 뿌듯한 날들도 있었지만 결국 그만두게 되었으며, 한 번 더 기회를 갖고 싶으니 자신의 손을 좀 잡아달라고 말이다.

사실 이들의 과거에 대한 회한과 미련을 내가 일일이 이해해줄 이유는 없다. 그렇지만 남의 역할에 입맛을 다시며 본인의 욕망을 어필하는 찡찡이들의 그 열정 하나만큼은 인정할 만하다. 내가 지금은 그들의 찡찡댐을 섬세하게 신경 쓸만큼 한가하지 못해 아쉽지만, 먼 훗날 내 후배의 밑에 밑에 밑에다 두고 일을 시키면 언젠가 제 몫을 간신히 해낼 지도 모를 일이다. 내게 직접 찡찡거릴 수 있던 지금이 가장 일하기 좋은 시절 이었음을 본인들이 금세 깨닫기도 하겠지만 말이다.

폭력의 진화
타인에게 '정직하라. 진실하라. 너 자신을 알라'고
강요할 권리는 어느 누구에게도 없다

나는 누군가를 등졌다. '자기 아닌' 남들에게 끊임없이 진실
을 강요해 묻던 사람이었다.

네게 진정성이 있느냐, 너는 너의 위치를 객관화하고 있느
냐, 너는 너의 가능성을 제대로 펼쳐 보이고 있느냐, 너는 모
든 사람과 솔직하게 소통할 준비가 되어 있느냐 등등, 그는
미성숙한 타인이 무대 위에서 사정없이 발가벗겨져 바닥을
드러내고 자신만의 한계를 인정하고 나서야, 참으로 훌륭하
게 성장한 것이 아니냐며 박수를 보내곤 했다. 하지만 지독
한 투명성의 강요는 진화된 폭력에 다름 아니다.

내 주제를 파악하는 것은 나만의 은밀한 인생 과제다. 세상

앞에 겸손한 마음을 갖는 것은 그것이 성스러운 삶을 향한 화두이기 때문이다. 그래 나는 무능력해, 그러나 무가치하지 않지. 누군가에게 들리지 않게 나는 조용히 속으로만 이야기한다. 사명, 좌절, 자부심, 한계 같은 모든 것이 나만의 비밀이다. 다른 이가 아무렇게나 헤집고 충고하고 관여할 수 있는 사안이 결코 아니다.

미리 알 수 없는 삶과 사회에 던져져 상처입고 지친 우리 인간은 자아의 핵을 뒤흔드는 결점을 수시로 숨기고, 시스템의 우산 밑에 숨어 눈에 띄지 않는 조용한 삶을 선택한다. 누군가가 자신만의 동굴을 향해 몸을 돌릴 때, 내게 보이는 것은 뒷모습이지만 그들의 두 팔 안에는 유구한 역사를 지닌 그들만의 '지킬 것'이 있다. 그 지킬 것이 헛된지 아닌지 나는 잘 모른다. 그저 그들의 견고한 등을 바라보며 한 발 짝 물러서는 것, 타인의 지킬 것에 대한 보편적 공감을 갖는 것이 '공존'의 현실적 의미 또는 '인간에 대한 예의'라고 생각할 뿐이다.

어떤 보스

두려움을 전혀 모르는 것 같은, 힘 세 '보이는' 존재들

어떤 보스는 돈, 지위, 단단한 가정, 모든 걸 가졌고 뛰어난 두뇌의 소유자였다. 그런데 아주 어린 후배들에게까지 자신의 똑똑함을 증명하지 못해서 안달이었다. 어쩌면 본인에게는 그 좋은 머리가 타인을 제압할 가장 핵심 무기라고 여겨졌던 모양이다. 정작 나는 그의 머리는 피곤했고, 대신 라면을 사주거나 김밥을 사주거나 하는 소박한 인간미에 더 많은 일을 해주고 싶은 마음이 들고는 했다.

또 다른 보스는, 살면서 눈부신 사업적 성과를 이뤄온 사람이었다. 그런데 항상 본인의 영웅적 과거사를 읊느라 회의 시간을 다 보내고는 했다. 평소에 본인의 성공에 얼마나 골똘한 생각을 하고 있어야 저렇게 라디오 틀듯 줄줄 자기 자

랑이 나올 수 있는지 궁금했다. 혹시 맡고 있는 사업에 자신이 별로 없는 게 아닌지 의구심이 들 정도였다. 그는 참 우아하고 신사 같은 사람이었다. 그 매너를 다른 사람의 이야기를 듣는 데 쓰면 얼마나 따르는 사람이 많아질지 상상해보았다. 실제의 그는 같이 있으면 시간을 버리게 되어 안타까운 사람이다.

보스들은 자신만의 의사소통 방식에서 본인의 두려움이 현저히 드러난다는 걸 한결같이 모른다. 이들은 아랫사람들이 자신의 약한 모습에 실망하고, 그 때문에 등을 돌려 떠나는 것이 아무래도 가장 큰 걱정거리인 모양이다.

제가 뭘 알겠어요

오만, 겸손, 관대, 카리스마, 그 모두를 드러내는 말

"제가 뭘 알겠어요." 이 한마디가 나를 겸손하고 당당하게 한다. 예전 보스가 결정적인 순간에 내게 던진 말이다.

제가 뭘 알겠어요. 내 오만한 태도를 상대적으로 드러내는 말이기도 했고, 그분의 겸손함, 관대함, 그러나 카리스마를 드러내는 말이기도 했다.

때때로 무언가를 모른다는 불안을 떨쳐내기 위해 공부를 많이 해야 한다는 강박에 시달리곤 한다. 그렇지만 인생을 살아가면서 나를 더 안정감 있게 한 것은 모름을 극복하기 위한 정보 수집이나 공부가 아니었다. 오히려 내가 잘 모른다는 것을 남에게 감추려 들지 않을 때, 내 안에서 찾을 수 없었던 비전 한 조각을 타인에게서 발견하고, 그들에게 기대

어 도움을 청할 수 있을 때 나는 불안을 잠재울 수 있었다. 남들보다 아는 게 많아야 존중받게 될 것 같다는 막연한 추측을 거부한다. 내게는 당연한 한계가 있다. 이런 나의 한계가 남들에게는 무지로 보일 수 있지만, 그건 그저 시선일 뿐이다. 오늘의 내 모습이 지금 내 세상의 전부인 것을 날더러 뭘 어쩌라는 건가? 나에게는 이미 쉽게 무너지지 않을 나만의 견고한 역사가 있는데 말이다. 천 번을 죽었다 다시 태어난 대도 무지의 문제는 해결되지 않을 것이다.

그러니 그냥 이렇게 툭 말하고 지나치면 될 일이다. 제가 뭘 알겠어요. 정말 내가 뭘 알겠나. 내가 잘 몰라서 그러는 것이지 남들의 탓은 없다. 그렇다고 남들이라고 뭘 그리 뾰족하게 알겠나. 그들도 잘 몰라서 그러는 것이지 별 내 탓은 없다.

보스의 가르침

살아남는 법을 배웠다

보스의 가르침을 나는 항상 기억하고 실천한다.

이것도 했고 저것도 했다고 하지 말 것. 해야 할 일을 작성하지 말고, 안 해야 할 것을 확실히 가려서 안 할 것. 반드시 해야 할 단 한 가지의 일을 하고, 그 한 가지 일이 어떤 가치를 주었는지 증명할 것.

외부의 자산과 흐름에 올라탄 실적을 본인 것으로 포장하지 말 것. 나 개인이 무엇을 확실히 잘하는 사람인지 생각할 것. 이전 대비 몇 배, 몇 % 상승 같은, 모수가 모호한 숫자로 장난치지 말 것. 보고할 것이 없으면 하지 말 것.

절대 주도권을 뺏기지 말 것. 아무 자료도 만들지 않고 뒷구멍을 통해 말로만 부탁하는 자를 멀리할 것. 논리가 없는 사람에게는 같이 드러누워서라도 이길 것. 능구렁이처럼 빠져나갈 것. 맷집을 늘릴 것.

그러나 나는 보스에게 일을 배운 게 아니라, 살아남는 법을 배웠다. 일상을 안정감 있게 유지하고, 꾸준히 돈을 벌고, 저 자리에 한 번 올라보려는 직장인의 삶이 그렇게 호락호락하고 우스운 일은 아니다.

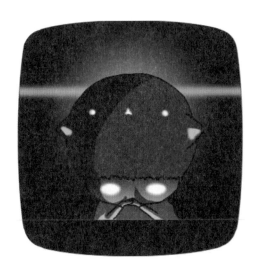

말할 자격

'말할 자격'을 타인에게서 얻어내려는 것은
영원히 끝나지 않는 숙제를 스스로 만드는 것과 같다

'말할 자격'은 아무에게나 허락되지 않는 것처럼 보인다. '말할 자격'은 권력이다. 수많은 사람들이 '말할 자격'을 얻기 위해 타이틀, 지위, 명예의 길로 뛰어든다. 나도 마찬가지다. 그런데 무언가를 간신히 쥐어도, 곧 또 다른 시험대가 나를 기다렸다. 이곳에서 자격을 얻으면 저곳에서 '네가 뭔데'라며 꼬집었다. 말할 자격을 타인에게서 갈구하면 침묵의 고독함이 영원히 끝나지 않으리라는 것을 깨달았다.

이제는 나 자신에게만 철저한 허락을 구한다. 스스로를 불편하게 할 만큼 반성하고 직시하면서, 내 모습이 나 자신에게 온전히 받아들여지는지 확인한다. 나의 인생 서사에 논리와 명분, 감동과 양심, 일관성과 인간성이 제대로 버무려

져 있는지 꼼꼼히 검토하며 간다. 그렇게 스스로에게 깐깐히 굴면 조금씩 타인의 시선으로부터 자유를 되찾아올 수 있다. 나 자신을 정직하게 정리해두면, 어떤 상황에서 무슨 말을 해야 할지 알게 된다. 타인의 허락을 구하지 않고도 표현할 수 있다는 것을 이해하게 된다.

보스도 나름의 할 일이 있어
보스들이 '친절하지' 않은 이유

보스들은 왜 그렇게 하나같이 엉뚱생뚱하게 굴고, 애써서 만든 보고자료를 이해할 마음이 없어 보일까?

왜냐하면 그들에게도 자신만의 숙제가 있기 때문이다. 보통의 우리 직원들이 신경 쓰는 것보다 훨씬 크고, 복잡하고, 중대한 숙제다. (어쩌면 우리의 다음 달 월급을 어딘가에서 꾸어와야만 하는 숙제일 수도 있다.) 그들은 우리의 평범하고 자잘한 문제에 관심을 가질 시간이 없다.

보스의 미션을 해결해야 하는 보고 자리에, 직원들의 소소한 업무 현황과 개선점을 가져가봐야 눈높이가 맞지 않아 시간 낭비다. 우리의 일은 우리가 해결해야지 거기에 의사

결정을 받을 포인트는 하나도 없다. 보스는 그 나름대로 자신이 보고 싶은 것을 볼 때까지 자료를 요구할 것이다. 보스에게도 숙제를 마쳐야 할 기한이 정해져 있고, 방대한 보고 자료의 다음 페이지를 읽을 시간이 없다.

우리 보스들이 과연 아랫사람들에게서 보고 싶은 것을 볼 수 있으려나? 보스의 미션에 대한 해결책은 그 스스로가 책임지고 구상해야 한다. 구상이 명확하면, 지시도 명확하다. 보스 자신도 해결하지 못하는 미션을 자꾸만 누군가에게 위임해보았자, 위임받은 사람도 뾰족한 수가 없어 또 다른 사람에게 답을 구할 뿐이다. 그러니 어느 날 정신 차려보면, 애송이라고 무시당하는 내가 전 국가적 IT 발전의 토대까지 고민하고 앉아 있는 것이다. 내가 이 문제에 대한 해답을 가져가면, 나보다 연봉도 훨씬 많이 받을 보스는 좀 긴장해야 하지 않을까 싶다.

무례한 말

보스는 자신이 한 말이 무엇인지 모르고 있었다

번아웃으로 병원에 입원했다가 퇴원한 후 얼마 지나지 않아 보스와 이야기할 기회가 있었다. 그는 대화 중에 '우리 회사는 너 같은 아이를 받아줄 책임이 있다'고 말했다. 나는 '너 같은 아이'에 대해서 며칠을 곱씹다가 그에게 다시 찾아갔다.

"우리 회사는 착하고 모범적이라서, 저 같은 우울증 환자도 받아주어야 마땅하다는 말씀이신가요?"

그는 내가 어떤 의도로 질문하는지 한 번에 알아듣지 못했다. 뒤이어 내가 사과를 요구하자, 그는 얼른 미안하다고 한 후 그제야 이것저것 생각해보는 듯했다. 나는 그날 공감 능력이 무엇인지 확실히 알 수 있었다. 공감은 타인의 감정을 똑똑하게 알아채는 능력이 아니다. 타인의 인생 사건에 자신이 깊이 참여하고 있음을 인지하는 능력이다.

나는 무례한 말에 대한 사과를 받아냈지만 회사를 대놓고 탓하지는 못했다. 그 당시 회사는 내 망가진 시간을 책임질 만한 적절한 수단을 갖고 있지 않았다. 얼마간은 나와 타인의 개인적 성숙함에 의지해야 할 문제였다. 수 년이 지난 뒤에야 신경정신계 질병과 관련한 산재보험법 시행령이 발표되었다. 사람들이 스스로 인간성을 키우는 능력을 잃어버리면 법이 그 일을 대신하게 된다.

아마 몇 년이 더 흐른 뒤에는 악랄한 가스라이팅의 정의와 처벌 수위도 법으로 정해질 것이라 믿는다. 그렇지만 '너 같은 우울증 환자도 받아주어야 마땅하다'고 말하는 위선적 가스라이팅은 수십 년이 지나도 증거 불충분으로 처벌하지 못할 것 같다.

성실이라도 좀 했으면 좋겠어

일을 조금 하면서 큰 성과를 내라고 하는 것은
그냥 나를 깎아내리기 위한 말이다

'너는 참 성~실 하다'라는 말을 보스에게서 들은 적이 있다. 보스가 성~의 발음을 길게 끌었으므로, 나는 난데없는 그 평가의 의도를 금세 눈치챌 수 있었다. 열심히는 하는데 똑똑하지는 못하다는 뜻이었겠다. 아하 내가 그렇단 말이지?

'열심'과 '똑똑'은 결코 서로 배타적인 능력이 아니다. 그런데 어떤 사람들은 열심인 모습이 눈에 띄면 똑똑하지 못하다며 한심하게 생각한다. 아마도 일을 덜하면서 큰 성과를 내는 능력을 가진 사람을 두고 똑똑한 사람이라고 하는 모양이다. 평범한 나는 그런 사람이 참 부럽다.

내가 근 20년간 일하며 경험한 바를 한 번 나열해보겠다.

일을 덜하고 큰 성과를 내는 사람은 대개 다른 사람을 쥐어짜고 부려먹는 사람이었다.

사람을 부릴 위치가 아닌데 일을 덜하는 사람 중에 큰 성과를 내는 사람은 아직 보지 못했다.

열심인 사람을 폄하하는 사람치고 뭔가를 되게 잘해내는 것을 본 적이 없다.

성실함과 똑똑함의 작동 원리와 그 결과를 정확하게 구분하는 사람을 아직 만나본 적이 없다.

열심히 일하는 사람을 깎아내리는 태도는 조직에 은근히 흔하다. 나는 이걸 이렇게 해석한다. 아마 회사에서는 한 개인이 주체적으로 일해보았자 크게 얻을 것이 없다는 실패의 정서가 은연중에 깔려 있을 것이다. 또한 대부분 직장인은 이런 실패를 몸소 겪어봤을 것이다. 그러니 스스로의 판단으로 일하면서 판을 함부로 벌리거나 인정받지 못하는 결과에 좌절하기 전에, 먼저 보스의 생각과 마음을 읽고 그것을 착착 정리하는 데 시간을 쓰라는 주문일 것이다.

미안해요 보스. 보스를 꾸어다 놓은 보릿자루처럼 취급하려는 것은 아니었어요. 그런데 제발 똑똑하고 명징한 생각을 먼저 좀 해주셔봐요. 조직에 비전이 보이면 찰떡같이 알아서 그 길을 따라갈 테니. 물론! 나는 이런 말을 절대 입 밖으로는 꺼내지 않는다.

어떤 사람들은 참 쓸데없는 말을 던져 아무렇지도 않았던 관계를 망친다. 조직에서 일이라는 건 팔 할 이상이 사람에 달려 있지 않나. 인간관계와 의사소통에 똑똑하지도 않은데 열심히 하지도 않는 사람들은 이 험난한 세상을 앞으로 어떻게 버텨가려는지 참 걱정이 태산이다.

보스와 맞지 않는 사람들의 오해

가장 큰 오해는, 진심을 다 하면
그 진심을 알아줄 거라는 기대다

진심을 다 해 일하면, 그 진심을 보스가 알아줄 거라고 기대한다. 지분을 가진 보스는 진심에 관심이 있는 것이 아니다. 본인을 포함한 주주들의 빠른 이익 실현에 관심이 있다. 지분이 없는 보스 또한 진심에 관심이 있는 것이 아니다. 본인의 공명심과 세력 확장에 관심이 있다. 승진은 그들만의 커뮤니티 안에서 이루어지며 진심과는 아무런 관계가 없다.

보스가 조금만 인정해주고 좋아해주면 스스로 나서서 일을 해준다. 내가 일한 대가가 미소나 칭찬, 격려뿐이라면 의구심을 가져야 한다. 일한 대가는 연봉 인상과 성과급, 내 영향력 확장을 통해 보상받아야 한다. 구두로 받는 약속은 기다릴 필요 없다.

몇 번의 보고를 통해 보스가 업무 흐름을 이해할 거라고 생각하지만 보스는 매출과 손익 보고, 그리고 본인이 이미 잘 아는 내용 외에는 큰 관심이 없다. 나머지 정기 보고 자리는 보스가 스스로 일하는 느낌을 받고 오랜만에 스피커를 쥐게 할 연극 무대일 뿐이다.

입으로만 일하고 나쁜 소문을 퍼뜨리고 다니는 빌런^{Villain} 부서를 잘 파악하리라고 기대한다. 보스는 그런 부서의 조직원이 하는 말을 듣는 것도 '경청'이라고 생각한다. 대개 싸우는 조직 구도를 만든 것은 보스 자신이므로, 스스로 특정 조직을 무너뜨리는 일은 절대 하지 않는다.

이런 답답한 보스들이 너무 싫어서 사지를 뒤틀며, 현실을 드러낼 '똑똑한 보고서'를 지속적으로 기획하여 보스가 상황을 눈치채고 변화하기를 기대한다. 그런데 보스 개개인은 안타깝게도 멍청하지 않다. 다만 보스도 한 사람의 인간으로서, 개인성의 한계를 벗어나지 못할 뿐이다. 보스의 두려움과 편향된 관심사가 시스템의 창을 통해 극명하게 드러나고 있다는 걸 스스로는 잘 모르므로, 조금은 애처롭게 생각할 필요가 있다. 또, 보스는 어쩌면 시스템의 최상위 권력자가 아닐 수도 있다. 그를 뒤흔드는 숨겨진 주인이 있을 가능성도 있다. 그를 코너에 모는 것은 자존심일까, 아니면 투자자일까? 그리고 5년 뒤에도 그는 여전히 최상위 권력자일까?

이직을 통해 '더 나은 보스'를 찾을 수 있을 것이라 믿는다. 한 인간으로서의 보스를 존경하고 따르며, 그와 철저히 동기화하는 경험이 필요하다면 작은 조직에 가보면 된다. 매력적이고 똑똑한 사람들이, 나를 몇 분 만에 홀려버리는 사람들이 넘친다. 그리고 5년 뒤에는 먼발치에서 들리는 그의 발자국 소리에도 실망하며 헤어지게 될지도 모른다.

자신만의 인생을 살아가는 보스들을 너무 깔아내려서 미안한 마음이 든다. 보스는 주주의 이익을 지켜야 할 책임이 있고, 사람 또한 자원의 관점으로 바라보면서 투자와 비용 관리에 신경 써야 한다. 기업의 존재 가치와 기업가 정신에 대한 이야기는 조금 나중에 하자. 그들에 대한 우리의 시선에 대해 조금 더 얘기할 필요가 있다.

왜 우리는 보스라는 한 사람의 영웅 또는 빌런에 좌지우지되고, 그의 향기에 취하고자 하는 것일까? 왜 그들에게 나의 비전을 갈구하는 것일까? 위에 묘사한 보스의 모습은 내 삶과 에너지를 그들에게 의존하고 맡겨버렸을 때 보이는 것이다. 나만의 비전, 내 중심을 가지고 살면 보스가 무슨 음악에 탭댄스를 추든 그렇게 중요하게 여겨지지는 않을 것이다. 너는 너고 나는 나일 테니까.

회사를 제대로 다니는 직장인이라면 보스와 방향을 맞춰야 하는 것이 아니냐고? 우리 바쁜 보스들은 나라는 자원을 어떻게 잘 써먹을 수 있는지조차 관심을 가질 시간이 없다. 그에게 전적으로 맞추겠다는 사람들과의 약속이 줄을 서 있으니 말이다.

세상이 바뀌었어

어떤 무대에 서느냐에 따라 우리 모두가 달라질 것이다

보스가 회의 시간에 아무 말 대잔치를 하는 데는 아랫사람들도 한몫한다. 보스는 아무 말이나 해도 되는 위치임을 암묵적으로 허락해주니, 점점 자기 객관화 능력이 떨어지는 것이다. 직원들이 한마음 되어 아무 말을 날카롭게 컷팅한다면, 보스도 사람이라 눈치를 본다. 그렇지만 그런 일이 쉽사리 생기지 않는 이유는 분명하다. 이렇게 말하는 나조차도 결정적인 순간, 보스의 아무 말에 침묵하는 한 사람일 테니까. 어쩌면 박수갈채를 보내며 맞장구치지는 않아도 되는 것을 그나마 다행으로 여겨야 할지도 모르겠다. 우리는 모두 비겁한 걸까? 그렇지 않다. 보스가 가장 편안해 하는 무대에 합죽이 들러리로 앉아 있었을 뿐이다.

세상이 바뀌었다. 요즘 같은 비대면 시대에 정기회의에서 구전 지시는 구식이다. 사내 온라인 업무 게시판이나 메신저로 텍스트 지시를 해보라. 요즘의 업무 게시판에는 '싫어요'나 '화나요' 이모티콘도 달 수 있으니 부정적 피드백을 받을 염려가 크고, 문맥이 이상하면 지시의 격도 떨어져 아무 글 대잔치를 하기도 어렵다. 직원 개개인의 얼굴이 똑같은 크기로 보여지는 온라인 화상회의에서도 독단적인 보스 훈화 말씀을 이어가기 어렵다. 어떤 무대에 서 있느냐에 따라 우리의 모습이 달라진다.

보스들에게 권한다. 우스꽝스러운 정기회의는 집어치우고 모바일에 익숙해져라. 단어 선택을 퇴고도 해보고, 아랫사람들의 반응도 보고, 여론에 따라 의견을 바꿔도 보라. 이렇게 한 번 하는 것이 세대론 책을 열 번 읽는 것보다 훨씬 낫다.

사람을 쉽게 믿지 말라는 뜻

내가 그 사람을 좋아한다고 해서 그 사람을 고평가해서는 안
된다. 이 당연한 말을 자주 잊는다

어렸을 때부터 사람 쉽게 믿는다는 말 참 많이 들었다. 난 그
말이, 믿을 만한 사람이 아니면 마음을 쉽게 주지 말란 뜻으
로, 인간관계에 대한 상당히 감성적인 조언으로 받아들였
었다.

나이가 들고 보니 그 뜻이 아니다.
사람을 쉽게 믿지 말라는 건, 내가 만나는 사람의 인격, 이해
력, 독해력, 집중력, 상황파악능력, 판단력, 성실성, 도덕성,
경험 전반을 쉽게 고평가하지 말라는 뜻이었다.
사람됨 자체를 쉽게 고평가하지 말고, 상대의 수준에 맞추
어 조심히 대하라는 뜻이었다.

벚꽃

따르는 '척'하겠지만 '시키는 그대로'는 절대로 따르지 않겠다
'당신이나 잘하세요'라고 속으론 분명히 말하겠다

어느 봄 날, 도덕적 의무와 압박감 때문에 매사 착한 마음으로 신께 감사하는 짓은 집어치우자고 스스로에게 다짐했다. 보기에도 가상할 정도로 이 세계의 요구에 순응·적응해 보이겠지만, 부당한 일들과 부조리함에 항의하고 분노하는 반항심을 간직할 것이다.

이따금 윗분들, 꼰대들, 권력자들이 지시하는 대로 겉으로 복종하고 따르는 척하겠지만 결코 '그대로'는 따르지 않을 것이다. 속으로는 한쪽 입 꼬리를 치켜 올리며 너나 잘하라고 읊조릴 것이다. 하지만 봄날, 매년 축복으로 선물 받는 벚꽃 덕분에 하나님에게는 납작 엎드려, 아무 말 않고 무한 감사!

3
회사가 너무 싫을 때

일의 의미
뭐든지 되게 크게 중요한 것은 없다

나는 늘, '일이 많은 건 문제가 아니야, 일은 하면 돼, 다른 게 문제지'라고 말해왔다. 몸과 마음이 다 상하는 가운데서도 내가 하는 일에는 어떤 혐의를 씌우고 싶지 않았다. 아무래도 하루 대부분의 시간을 쓰는 만큼 일의 가치를 높이 평가하고 싶었던 모양이지만, 이제는 솔직해질 수 있다. 내 전문이라 주장하는 이 직업은 인생에 큰 의미가 없다. 오래 앉아 있는 사람에게 높은 인사평가를 주는 걸 합리적이지 않다고 여기면서도, 오랜 시간을 투자했다는 이유로 내 일의 가치를 높이 평가하는 것은 모순됐다.

일이 너무 많은 건 문제다. 일을 그냥 마구 하면 안 된다. 많은 시간을 쓰는 만큼 가치가 비례해서 올라가는 건 아니다.

잘해왔다고 해서 항상 내게 꼭 맞고 할 법한 일이었던 건 아니다. 나는 회사생활을 소중하게 생각했지만, 나에 대한 조직의 기대나 과제가 매사 합리적이었다는 건 결코 아니다.

이미 지난 시간을 포장하고 신성시하는 데 집착하지 말자. 그저 필요한 시점이 됐을 때, 내가 그동안 어떤 가치를 지키며 살아가려고 노력했는지 검토해보면 될 일이다. 그리고 무엇을 지키려고 했든, 인생의 큰 견지에서 볼 때 그다지 중요한 게 아니라는 걸 기억하면 된다. 나는 일관성, 꾸준함, 본질을 잃지 않는 역사 같은 누적의 가치를 좋아했다. 덕분에 이 길 위에서 끈기 있게 돈을 벌 수 있었다. 이 점에 감사하다.

그러나 세상은 빠르게 변한다. 언젠가 내 일에 진절머리가 난다면, 이 일을 아무도 찾지 않는다면, 그래서 지금과는 완전히 다른 모습의 사람이 되어야 한다면 나는 그 시간을 기쁘게, 그리고 기꺼이 맞아줄 것이다.

일 좋아하는 삶

몰입하는 사람은 예술가다

그들 대부분은 항상 돈이 없다

가끔 일에 몰입하는 사람들을 보면 예술가 같다는 생각을 한다. 고통과 상처 속에서 무언가를 만들어낸다. 자신이 만든 것을 중심으로 세상과 소통하고자 한다. 자신의 결과물을 늘어놓고 삶 전체를 조망한다.

그리고 항상 돈이 없다.

잠시 함께 손을 잡고

나의 삶은 혼자 쌓아 나가는 것은 아니니까
앞으로도 혼자 성공한 사례 같은 건 없을 것이다

나도 문제를 해결할 그럴듯한 도구들을 갖고 있지만, 그것이 늘 성공한다는 보장은 없었다. 생각해보면 나는 성공이 무엇인지 정의하기 어려워했다. 성공과 실패는 먼 훗날 모든 파티가 다 끝난 다음, 회고하는 사람이 어디에 어떤 모습으로 서 있느냐에 따라 달라질 것이다. 그러니 이토록 열린 결말로 가득한 세계에서 나는 미래에 어떤 모습을 성공으로 평가할까? 나의 일이나 일상 같은 것은 혼자 쌓아가는 것은 아니니 앞으로도 혼자 성공한 사례 같은 건 없을 것이다.

기적 같은 방법은 없지만 나는 그저 어떤 '태도'를 갖춰간다. 그 태도란 시스템에 매몰된 우리가 서로에게 나사가 되고 괴물이 되어버리지 않게 노력하는 것, 함께하는 사람들에게 따뜻한 시선과 연민을 갖되, 선을 지켜 견제하는 것이다.

가끔은 나도 특정한 시스템과 커뮤니티를 유지하기 위해 맹목으로 열심이다. 한때 어쩔 수 없는 우정으로 묶일 뿐인데도 말이다. 우리는 그저 시절 동안 사랑하는 법, 동기를 갖는 법, 쓸모를 찾는 법, 웃는 법을 배우면 그만이다. 하루하루 너와 함께 진심으로 충만했다고 서로 이야기하고, 또 때가 되어 각자의 길을 걸어간다면 그걸로 충분하다.

홀로 간다

본디 혼자 임을 알아야
함께한 시간에 집착하지 않는다

인간에 대한 연민이 아무리 깊어도 모두를 구제하고 사랑할 수는 없다. 다 함께 잘살고 싶지만 그 방식을 내 뜻대로만 할 수는 없다. 특정한 가치가 소중하게 느껴지지만 나 혼자만의 관념과 허상임을 깨닫는다. 사회를 바라보고 싶지만 가족을 지키기도 버겁다는 걸 인정하지 않을 수 없다.

어디에나 사람이 있다. 사람이 흔하다. 그런데도 사람이 소중하다. 우리는 타인에게 손을 내민다. 왜 누군가와 동행하고자 하는가? 자신의 존재에 확신을 갖고자 하기 때문이다. 불안에서 벗어나고 싶기 때문이다. 그러나 사람들은 저마다의 길에 발목 잡힌 바에 의해 타인의 손을 뿌리친다. 인간은 늘 거부당하며, 하는 수 없이 혼자 간다.

가끔은, 어떤 기간은 누군가와 뜻이 맞고 사랑하며 즐겁겠지만 이는 영원에 대한 이루어지지 못할 희망을 안긴다. 인간은 죽을 때까지 타인을 떠올리며 무언가를 선택하지만, 그에 대한 책임은 홀로 지는 존재다. 이를 받아들이고 오늘의 함께함에 집착하지 않는 것이, 자유로운 삶을 향한 또 한 가지 원칙이다.

그러나 내 그럴 줄 알았지

오만의 고독함조차도 결국

평범의 속됨 속으로 지나간다는 사실

어떤 밤에는 집요하게 외면했던 고독함을 무방비 쓰나미로 뒤집어쓴다. 그러나 이 또한 지나가는 것이다, 지나쳐 보내야 하는 것이다.

어떤 의미에서 고독함은 오만의 소치일 뿐이다. 타인의 기준 따위 아무 소용 없다 분연히 소리쳤던 건 나이니까. 고독함 자체가 곧 오만이다. 순전히 잉여의 감정이다. 그러나 없던 것은 아니니 이 고독에 책임져 마주할 것은 해야겠다.

막다른 길은 없다

마주하기 두려운 경험을 할까 봐 쫄지 말자

우리는 무엇을 두려워할까? 쓸모없을까 봐, 찾지 않을까 봐, 환영받지 못할까 봐, 실수할까 봐, 잘못했을까 봐, 빼앗길까 봐, 비난 받을까 봐. 나도 이 모든 게 두렵다.

돌이켜보면 두려움이라는 감정은 아무 일도 벌어지지 않는 사이에만 찾아오는 환상이었다. 우려하던 경험을 마주할 때 오히려 나는 냉정해졌고, 내 삶이 조금 방향을 튼다고 해서 그걸로 인생이 끝나버리는 것은 아니었다.

숨을 쉬는 동안에는 숨쉬지 못할 순간이 두려우니, 두려움은 그저 '생'의 다른 이름이고, 충만함은 '의지'의 다른 이름이다. 전자가 본질, 후자가 비본질. 아무것도 남지 않은 것 같은 순간 적어도 내 몸이 남아 있다면, 나는 일단 침착하게 계란을 두 개 넣은 라면을 먹은 다음 뽀득뽀득 설거지할 거다. 라면과 설거지란 얼마나 손쉽게 얻을 수 있는 의지이자 충만함인지, 야트막한 쾌락에 기대는 물질적 삶은 내게 참으로 친절한 도피처다.

기회주의적 이기주의자

나의 사회생활은 결국 나 좋자고 하는 일이다

나는 사회의 시스템을 이용하여 유리한 고지를 차지하려는 기회주의적 개인이다. 시스템은 내게 부당한 것만 보여준 것이 아니라 미덕과 사랑 또한 가르쳤다. 나는 교육과 세뇌 덕분에 아름다움에 대한 편견도 가지고 있다. 시스템의 맹점을 관찰하고 문제제기를 하는 것 또한 내가 교육받고 상상해온 이 아름다움을 두 눈으로 보고 싶기 때문이다. 결국 모든 게 나 좋자고 하는 일이다.

배신

내가 스스로 자처해서 당하는 것 중의 으뜸은, 배신이다

배신은 내가 자처해서 당하는 것이다. 믿음은 오직 내 안에, 나만이 가늠하는 깊이에 침잠해 있으며, 믿음이 깨지는 건 그저 어설프게 기대온 나만의 프레임이 깨지는 것과 같다. 거기서부터 받는 상처는 스스로 해결할 일이지 상대방이 책임질 것은 없다.

배신의 상처를 어떻게 수습하면 좋을까? 배신은 타인을 사랑한 것에 대한 피치 못할 반작용이다. 사람을 사랑하지 않는 삶은 너무나 건조하다. 나는 누군가를 사랑하기로 마음 먹었기 때문에 그를 온전히 믿고 내 시선을 맡긴다. 그러니 배신의 상처 또한, 저절로 자라는 손톱이나 머리카락처럼 내 일부로 인정하며, 그리고 이따금 깎아가며 간다. 그저 상

처 준 이와의 거리 두기만 때를 놓치지 않고 잘해냈으면 한다. 훈련해야 할 것은 그 뿐이다.

배신당하는 삶마저도 나대로 사는 길일 뿐이다. 한때의 순진함과 어리석음을 굳이 고수하고, 때때로 기꺼이 부정당하며, 그러한 부정을 통해 타인과 세계를 분별하면서, 바로 그 분별의 순간 갈라진 다음 길, 다음 스테이지로 뒤돌아보지 않고 뛰어가는 것이다.

너를 이용해 훌륭해지려고 했어
나는 내가 '훌륭한 사람'이 될 수도 있다는
가능성을 매우 낮게 본다

나는 내가 훌륭한 사람이 될 수도 있다는 가능성을 매우 낮게 본다. '훌륭함'이 무엇인지에 대한 내 기준이 마땅치 않은데다, 늘 어처구니없는 실수를 하며 살기 때문이다. 그동안 내가 깃발을 꽂았던 훌륭함의 토대는 항상 모래성 같아서 빠른 시간 안에 나를 배신하고는 했다.

우리는 누군가 훌륭한 모습을 보여주기를 기대한다. 종종 나 자신에게도 훌륭함을 기대하며 채찍질한다. 그러나 그것은 그저 기대다. 우리는 정확하게 뭘 기대하는 걸까? 비열함, 저열함, 이기적임, 음흉함, 잔인함 따위 말고 좋은 것만을 선택해온, 청정 지역의 인간을 알고 싶다는 간절한 소망일 것이다. 만약 소망이 아니라면 원망일 것이다. 나는 이것밖에 안 되어서 이렇게밖에 살지 못하지만, 너는 그래야지. 네가 돈을 바라고 지위를 바란다면, 사랑을 바란다면, 너는 그래야지.

나는 늘 타인을 통해 자신을 파악했다. 항상 '어떤 사건이 터지고 나서야', '반성적으로' 나의 진짜 모습을 발견할 수 있었다. 이런 내가 누군가에게 기대를 건다는 건, 훌륭하게 살아가는 방법을 남에게서 훔치고 싶은 마음이 가득하다는 것이다. 다른 사람을 통해 인간의 보편적 멋짐을 발견하고 싶다는 욕망, 거기에서 내 멋짐 또한 손쉽게 발견하기를 바라는 요행심이다. 그러니 늘 남에게 먼저 실망한 후, 너도 그렇고 나도 그렇고 그저 다 같이 찌질할 뿐이라며 마음 편한 하향 평준화를 한다. 어떨 땐 그저 타인에게 실망했다는 이유만으로, 내가 그보다 더 낫다는 어이없는 결론을 내기도 한다. 말도 안 되는 인과이지만 인간은 거기에 스스로 속아 자족한다.

정직해지고 싶다. 훌륭하지 않아도, 다른 건 다 못한대도 그것만큼은 어떻게든 해볼 수 있으니까. 그러니 이렇게 말해야겠다.
나도 내게 수백 번을 실망했지만 대체로 자랑스럽게 지냅니다. 나도 당신을 이용해 편리하게 훌륭해지고자 했고, 그러기 어려워졌을 땐 무슨 수를 써서든 합리화했어요. 우리는 그러려고 만난 거지요. 나에 대한 당신의 실망을 이해해요. 당신에 대한 실망감은 내가 알아서 수습할 테니까, 당신은 당신대로, 당신 나름으로 나를 잊고 살아내세요.

회사가 너무 싫을 때
싫은 걸 끌어안는 선택을 할 때 새 길이 열린다

나는 종종 회사가 싫고, 회사에서 마주치는 귀찮은 상황이 싫고, 일도 싫고, 회사에서 만난 사람도 싫고, 싫은 게 많다 보니 싫은 티도 많이 내고, 내가 티를 내니 상대방도 나를 싫어하고, 싫으니까 계속 싫어져서 마음이 고통스러울 때가 있다.

회사는 늘 좋아지기보다는 싫어지는데, 아마 엔트로피 증가 법칙이 적용되기 때문일 거다. 마주쳐야 하는 사람도 많아지고 일도 늘어나지만, 내가 콘트롤할 수 있는 정보에는 한계가 있으니 에너지가 점점 빠져나가기만 하는 것이다. 또 내게도 중요한 정보가 쌓이며 자기 중심이 생기니 침해받고 싶지 않거나 지키고 싶은 것이 점점 많아진다. 이런 상황이 에너지가 많이 드는 방어기제를 만들어낸다.

회사 안에서 에너지 균형을 맞추며 롱런Long Run하려면 어떻게 해야 할까? 일단 자연의 법칙을 인정해야 한다. 인내할 수 없는 날들이 계속해서 찾아오는 것을 당연하다고 생각하자. 그리고 선택해야 한다. 짜증이 극에 달한 날, 내가 이 모든 걸 감당할 수는 없다는 걸, 또 감당하기 싫다는 것을 인정하고 멈출 건지, 아니면 좀 더 밀고 나가 볼 건지.

개인의 한계 상황에 온 것이니 만큼, 밀고 나갈 때는 결국 다른 사람들의 힘이 필요하다. 적Enemy의 손마저 잡는 때가 바로 이때다! 싫은 순간을 타개하는 길은, 결국 싫어서 거부해 왔던 걸 붙잡거나, 유지하는 게 당연하다고 생각한 걸 내던지는 선택을 할 때 열린다. 나를 통해 흐르는 에너지 회로가 바뀌기 때문이다. 회로가 바뀌면 더 큰 힘에 접속해 많은 일들을 해내거나, 불필요하고 복잡한 회로가 줄어 막혀 있던 일이 풀릴 수 있다.

관습적으로 살아가는 모습을 돌아본다. 회사에 대해 생각하는 방식이 맨날 똑같으니까, 항상 같은 방식으로 회사가 싫어진다. 싫은 것을 어김없이 거부하니 결과가 늘 같다. 그러니 내가 변하지 않는다면, 할 수 있는 일이란 고작 점을 보러 가서 언제 이직할 수 있냐고 물어보는 것 정도다.

회사생활에 대해 솔직히 말하면

'돈' 때문이었다고 고백하지만 그럼에도 불구하고

이대로 가면 회사가 망할 것 같아서 불안하다고 생각했는데, 사실은 남들에게 뒤처지는 하루하루를 보내다가 아무대안 없이 직장을 그만둬버릴 나 자신이 불안했다.

내 커리어는 왜 그렇게 매번 성공적이어야 했는가 하면, 시장에서 나를 증명하여 다른 곳으로 더 잘 팔릴 여지를 만들고 싶었기 때문이었다.

더 역동적인 곳, 더 이름난 곳, 더 큰 곳으로 이직하려는 이유는, 내가 매사 진취적인 사람이어서라기보다는 잘 먹히고 팔릴 수 있는 타이틀을 쥐고 싶기 때문이었다.

왜 그렇게 나를 잘 팔리게 하는 전략을 유지해야 했는가 하면, 월급의 지속 가능성에 대한 불안에서 헤어나오기 어려웠기 때문이었다.

그러나 이게 다는 아니다.

먹기 위해 산다, 이런 자조적 표현은 요즘 사람들이 잘 선택하지 않는다는 걸 안다. 그런데 유독 회사생활을 이야기할 때 만큼은, 상처입은 날들의 끄트머리에 서서 그나마 결국 돈뿐이었다고 자조한다. 이럴 때는 그냥 그동안 녹록치 않았구나 하고 서로를 위로하면 될 일이다.

회사가 아니라 사회라고 읽어본다. 내가 속한 작은 사회, 그러나 확실하고 견고한 사회. 이 안에 오로지 '돈만' 벌기 위해 사는 내가 아니라, 다채로운 하루를 보내며 '돈도' 버는 내가 있다.
물론 거대한 시스템에 묶여 있다는 걸 안다. 그게 가끔 화나게 한다. 결코 반항적인 개인성을 포기하지 않으려고 하면서도, 유리한 고지를 차지하기 위해 나와 맞지 않는 사람들의 마음에 들도록 노력하는 복잡한 내가 있다. 이 과정에서 나 자신의 속물적 민낯을 보았고, 나약한 모습을 마주하고 또 실망했다. 이상적인 가치를 기대하면 매번 어긋나 좌절했고, 어떤 때는 옳거나 틀렸다는 게 뭔지 제대로 이해하지도 못하는 나를 발견했다. 혼란과 모순에 어지러운 가운데, 나는 그저 어떤 게 내면의 진실에 가까운지 여러 날 검토해

보는 것 말고는 특별히 할 수 있는 게 없었다.

회사를 다니지 않더라도, 우리가 살면서 해야 하는 일이라는 게 어차피 나를 들여다보는 것 말고는 또 뭐가 있을까 싶다. 어떤 세상에 발 딛고 서 있든, 나 스스로 온전히 바로 서고자 하는 일, 어딘가에 기대어 부표처럼 둥둥 떠다니기보다는 나의 두 발로 걸어가고자 하는 일. 그것 말고 무엇을 더 할 게 있는가 싶다. 그래서 요새는 눈을 똘망똘망 뜨고 말한다. 회사에 계속 다니고 있어. 천편일률적인 삶이지. 그래, 나는 매사에 불안하고 별 대안이 없어. 그때그때의 불안을 끌어안거나 다스리기 위해, 비비고 싶지 않은 순간에 비비고, 굽혀야 할 것 같은 순간에 굽히지 않아. 일관성이 없지만 하루를 제대로 살아. 그게 왜? 별것 아닌 것 같아? 그게 뭐 어때서?

기복신앙

사람들과 손잡고 길을 만들며 살 수 있다는 것도 그저 내
'기복신앙'의 일종이다. 모든 길은 항상 갈라졌고, 사람들과
는 늘 얼마 못 가서 헤어졌다. 물론 이따금 내게 소름끼치도
록 경이롭고 아름다운 순간이 허락되었다. 풍요롭고 충만한
감정이 있었다. 그러나 그 순간만을 신성시하는 우를 범하
지는 않을 것이다.

주변 사람들과 함께 가자는 거, 얼마나 상투적인 제안인가?
내게 필요한 건 그저 고된 한 시절을 견뎌낼 인내의 토템이
다. 나도 누구나 시비 걸지 못할 제도에 의지한다. 나만의 신
에게 내가 기도를 하겠다고 하니, 누가 뭐라고 할 사람이 없
어 편한 것일 뿐이다.

기복신앙 2
쉽게 돈을 벌고 싶다는 것도 '신앙'이다
나는 회사에 취직해서 돈을 버는 것 말고는
도대체 다른 방법을 배운 적이 없다

나는 종종 회사를 그만두고 다른 방법을 찾아 돈을 쉽게 벌고 싶다는 생각을 한다. 적당히 내 식대로 살아도 삶의 질이 그럭저럭 보장되었으면 좋겠다. 그런데 방법을 모른다. 나도 사회로부터 살아가는 법에 대해 교육받은 내용이 특별 나지가 않다. 타이틀, 관계, 열정, 노력, 도전, 꿈, 성장, 좋은 태도 뭐 이런 정도다. 게다가 나는 회사에 취직해서 돈을 버는 것 말고는 도대체 다른 방법을 배운 적이 없다.

이 모든 게 다 너무 이상하다. 왜 이렇게 나는 배워놓은 게 없을까? 그리고 뭘 그렇게 꼭 배워야만 무언가를 할 수 있다고 믿는 걸까? 세상은 왜 이렇게 쉽고 여유롭게 살기 힘든 구조일까? 내가 너무 주체적이고, 독립적이고, 창의적이고,

슬렁슬렁 살면 타인의 부귀영화에 쓰임당할 수 없으니, 누군가에게 손해가 나서 그런 건가?

'손쉬운 돈벌이' 판타지는 스스로를 회사의 노예로 여길 때 손 벌리게 되는 일종의 기복신앙이다. 조직의 안주함을 벗어 던지고 내 길에 몰두하면 자유로이 돈을 벌 수 있을지도 모른다는 불명확한 믿음이다. 그러나 손쉬움을 기도하는 게 본질은 아니다. 나는 사실 '어려운 돈벌이'가 아니라 '불안한 돈벌이'가 싫다. 불안함은 내 하나뿐인 인생을 제한된 세상에 오래도록 가두어 잃어버릴 것만 같은 두려움에서 온다. 마치 지금 당장 찢어내야 할 보이지 않는 알 껍질이 있을 거라는 두려움이 수시로 찾아오는 것이다.

그러다가도 나 자신이 누군가에게 쓰임받기 위해 태어나 '지시를 대기'하는 사람이 아니라. 온전히 삶을 이끄는 주체임을 확신하고 또 다짐하면 지긋지긋한 회사의 노동도 신성해지는 순간이 온다.

마주한 현실에서 도피하고 싶은 마음이 들 때는, 이렇게 기복신앙과 실존과 영성의 낭만을 번갈아 갈구해서라도 앞으로 나아가는 수밖에 없는 일이다.

내게 주어진 모든 겉치레에 감사한다

나는 거대한 조직 속에 묶여 있는 나 자신을 존중한다

거대한 구조에 묶여 있는 나 자신을 존중한다. 조직에서 내 멋대로 굴지만은 못한 답답한 시간 동안, 모든 게 다 쓸데없는 일이 아닐까 의구심을 가지며 번뇌한 시간 동안에도, 아마 남들 보기에 나는 사회적으로 나름 안정적이고도 자유로운 옷을 입고 입었을 것이다. 나는 답답했지만 무엇보다 그 결과로 어쩜 많은 혜택을 누렸을 것이다.

나는 마치 내 고유의 개성과 가치인 양 내세울 수 있었던 회사나 학교의 타이틀, 나의 직업과 일을 지칭하고 설명하는 낯선 단어들, 소수의 사람들이 자기들끼리 맞고 틀리다며 갑론을박하는 전문적 개념들에 감사한다. 어떤 식으로든 분류되고 설명될 수 있는 인간임에, 잠깐씩 거기에 안주하고 기댈 수 있음에, 너무나 날것의 인간으로 발가벗겨진 채 황야에 서 있지는 않음에, 준거점을 찾고 안도할 수 있음에, 이따금의 구토증에도 불구하고 나는 깊이 감사한다.

나는, 내게 주어진 모든 겉치레에 감사한다.

허상의 힘

권력과 지위는 복종해서 얻든 노력해서 얻든 어쨌든 허상이다

누군가의 철저한 복속 혹은 똘마니가 되어 그에게 100% 의존한 대가로 권력이나 지위를 받은들, 그것을 얻어서 무엇하겠는가? 언제든지 그런 힘은 빼앗길 수 있는 허상이다. 그렇게 얻은 권력은 누구에게나 티가 나고, 동료와 팔로워 Follower들에게 존경받지 못한다. 그러니 호랑이 등에 올라탄 사람은 늘 떨어질지 두렵고 불안하다.

그러나 스스로 노력해서 얻었다고 생각하는 권력과 지위도 사실은 나의 것이 아니다. 아래로는 팔로워가 자발적으로 나를 따라주고, 위로는 리더에게 전반적으로 잘 맞춰보겠다는 나의 팔로워십Followership이 있는 동안에나 잠깐의 지위가 보장되는 것이다. 힘의 본질은 언제나 아랫사람에게 있다.

본인에게 이익이 된다고 판단하여 발톱을 숨기고 한 시절 자유를 양보하며 가는 아랫사람들 덕분에 리더의 힘이 유지 된다.

그런데 어느 날, 내게 더 이득 되는 길이 보일 때, 내가 손해 보는 것 같은 감정이 들 때, 혹은 나의 리더가 불안정할 때 문제가 생기고야 만다. 내 조직생활의 평안과 이익을 기대 하며 끌고 온 야트막한 충성심이 흔들리기 시작하면서 리더 가 못미더워지는 것이다. 리더는 이를 단박에 눈치챈다. 리 더가 나를 자기 사람으로 생각하지 않게 되면 내 위치 또한 위협받고, 내 위치가 흔들리면 나를 따르던 팔로워의 충성 심도 오묘하게 달라진다. 이렇게 서로가 서로를 흔든다.

잘못된 일이 아니다. 우리는 미리 계획하여 만난 사람들이 아니니, 이 관계를 유지하려면 그때그때 이득을 다시 따져 보는 수밖에 없다. 한때의 우정 위에 목표가 있고, 목표 위에 내 삶이 있다. 지금의 내 윗사람도, 아랫사람도 평생 함께 갈 내 사람은 아니다. 권력과 지위는 조직의 피라미드 구조에 서 보이는 결과론적 허상일 뿐, 오로지 조직의 형태를 유지 하고자 하는 서로의 의지와 선택만이 힘의 진실이다.

147

질문을 바꾸어

질문을 바꾸니까 회사의 벽 색깔도 따라 바뀌었다

예전에는 이렇게 질문했다. 이 회사는 나를 어떤 사람으로 보이게 하는가? 나는 회사에서 하는 나의 일과 역할을 다른 사람에게 어떻게 설명해야 하는가? 나는 과연 무엇에 대한 전문가인가?

지금은 질문을 바꾸었다. 나는 내가 참여하는 이 환경을 어떻게 바라보고 있는가? 이 환경은 나를 알아가고 만들어가는 데 어떤 의미가 있는가? 나는 이 환경에서 어떤 가치를 대변하는가?

그러자 회사를 둘러싸며 나를 가두었던 네모네모 잿빛 콘크리트 벽이 녹아내리고, 저 멀리 연두색, 노란색, 파스텔 톤 다른 세상이 보였다. 회사 건물 안에 내 삶이 갇혀 있는 것이 아니라, 삶이라는 거대한 토지의 저 한 켠에 회사 건물이 서 있었다.

각자의 속도대로 가야지
맞지 않는 동료와 맞추기도 나름이지만,
가능하다고 생각한 착각에도 책임은 여지없이 따른다

나도 종종 속도가 느린 사람, 나와 방향이 맞지 않는 사람을 답답해 한다. 그렇지만 타인에게는 그만의 고유한 속도와 방향이 있다는 것을, 그만의 목적지와 방식이 있다는 것을 이해하고 존중할 필요가 있다고 생각한다.

그런데 여기에서 언급하는 속도와 방향은 '행동'을 두고 하는 얘기지 '말'을 두고 하는 얘기가 아니다. 아니나 다를까 자신의 속도와 방향을 말로만 드러내는 사람들이 있다. 이들에게 자꾸 맞춰주면, 그는 본인의 말이 마치 "빛이 있으라" 레벨인 줄 착각하게 된다. 몇몇 보스들에게 이런 경향이 있음은 따로 부연할 필요가 없다.
'보스가 보시기에 참 좋았더라'라는 평가를 듣기 위해 내가 나서서 이 속도에 맞춰주다 보면, 어느 날 나 또한 조직의 핵심 빌런이 될 수 있으니 조심해야 한다. 보스들의 말에는 도대체 일관성이란 게 없기 때문에, '언제 그걸 하라고 했냐'는 식의 뒤통수를 맞을 가능성이 크다. 그러니 보스들이 어떤 속도를 요구하든, 그들을 저 먼 우주에서 살게 그냥 놔두자. 어차피 그들은 나중에 잘된 일만을 쏙쏙 골라 본인이 그 일을 정확히 지시했음을 홍보할 것이다. 또 그 일이야말로 결과론적으로 속도와 방향이 가장 적당했던 모범 사례가 될 것이다.

여기서 우리는 중요한 원칙을 하나 깨달았다. 적당한 속도와 방향이란 건 성공적인 숫자가 발견될 때 비로소 정해진다는 것. 원자와 같은 크기의 우리는 그저 저만의 속도와 방향으로 움직일 수밖에 없을 뿐이다.

확고한 언어

확고한 언어에는 자신감이 있지만 강요함은 없다

확고한 언어를 구사할 때는, 그렇게 말하기로 다짐한 순간이 있다. 아무 생각이 없으면 확고함은 고사하고 의심도 없다. 확고한 언어를 말하기 전에는 철저한 자기 검열이 따른다. 나 자신이 그런 말을 할 자격이 있는지 헤아리고 또 헤아려보게 된다. 그러므로 자신의 부족함을 직시하기 전에는 확고함에 대한 논리를 갖추기 어렵다. 확고한 언어는 나와 타인에 대한 책임감 위에 세워지는 만큼, 강하게 마음먹고 추진하겠다는 결심 또한 단단하다.

확고한 언어는 확정적 언어와 구분된다. 확고한 언어는 비전을 제시하고 타인을 감화하는 아름다운 언어다. 확정적 언어는 힘의 과시를 통해 강요하고 압박한다.

확고한 언어는 '디자인'된 언어다. 논리적으로 완결되어 있으며, 모든 세계를 대변하지는 않는다 하더라도, 하나의 완성된 이미지를 구축한다. 반면 확정적 언어는 '드러내는' 언어다. 근거는 좁은 세계에 국한되어 있으며, 과거의 개인적 경험에 녹아 있다. 미래는 없고 과거만 있으므로 듣는 사람에게 감동을 주지 못한다.

확고한 언어에는 자신감이 있지만 강요함이 없다. 길을 제시하고 보여줄 뿐이며, 모든 사람에게 정답일 수 없음을 인정하고 자발적 참여를 권유한다. 확정적 언어에는 자존심이 드러나며 따르라는 압박이 있다. 따라야 할 '길'이 아니라 따라야 할 '사람'을 드러내며, 따르지 않으면 오답이므로 문제가 생길 것이라고 협박한다.

확정적 언어를 구사하는 사람을 보스라고 한다. 확고한 언어를 구사하는 사람을 리더라고 한다.

기여

게으른 모범생의 태도는 집어치우자

그놈의 '기여'는 왜 그렇게 하고 싶었던 걸까?
평생 남이 만든 도덕을 의심 없이 받아들여온
지적으로 게으른 모범생의 태도다.

타인의 필요에 에너지를 갖다 바치는 게 아니라 사랑하는
사람들의 추억 속에 내가 함께 있었던 것이 기여다.

가짜 도덕

도덕책을 있는 힘껏 던져버리고
원수를 그냥 원수같이 여기기로 결심한다
남에게는 물론 나 자신에게도
독야청청 도덕의 다이아몬드로 보이고 싶어
안달할 필요는 전혀 없다

사람과의 문제에 부닥칠 때마다 쉬이 씻어내기 어려운 내상을 입으며 살아왔다면 그동안 내가 너무 나 자신을 고결하게 바라보고, 지키고, 기대해온 게 아닌가 한다. 이런 식으로 보이기 싫고, 난 그런 사람이 아니고, 온전히 이해받으면 좋겠고, 사람 관계는 이렇게 가져야만 하고 뭐 그런 강박이 아니었을까 한다.

살면서 어쩔 수 없이 만나 한 공간에서 일정 시간을 견뎌내야만 하는 타인들 때문에 나는 수없이 많은 합리화를 하곤 했다. 두 번은 써먹을 수 없고, 모든 사람에게 똑같이 들이댈 수 없는 기준이 모호한 합리화였다.

어떤 쓰레기 같은 인간도 가만히 묵상하다 보면 나름 이해가 갔다. 내가 숨만 쉬어도 저한테 해를 입힌다고 주장하던 피해의식의 화신들에게도, 그래 어떻게 보면 내가 사정이 더 낫지 하며 공감했다. 매일 같이 마주하기 고통스러웠던 사람에게 내가 미쳤나 싶을 정도로 친한 척 구걸하기도 했다.

그 모든 게, 당장 피할 수 없는 사람 견뎌내려고, 당장 나 졸렬한 사람으로 보여지기 싫어서 억지로 짜낸 가짜 도덕성이었다. 그런 가짜 도덕성은 대부분 종교나 책, 어른의 가르침에서 온 것이다. 원수를 사랑하라, 용서하라. 나는 이 말을 제대로 해석할 줄 모른다.

이제는 이런 껍데기같은 마음들 다 벗어던지고 있는 그대로를 인정한다. 그 어떤 사람에게도 내가 원하는 모습 대로만 보여질 수 없다는 걸 안다. 누군가 나를 귀찮은 녀석이라고 생각하든, 시끄러운 계집애라고 생각하든, 속물이라고 생각하든, 그 사람의 생각을 내가 책임지고 교정할 수 있는 게 아니다. 또한 모든 사람을 내 그릇에 다 담으려고 애쓸 필요가 없는 걸 안다. 보기 싫은 사람을 지금이라도 안 볼 수 있는 방법이 생긴다면, 억지로 다짐한 그런 거짓된 이해심을 발휘할 필요가 없다. 나 편한 대로만 살 수 있다면야, 일부러 고행수련해서 너바나^{Nirvana}에 이를 의지도 없는 평범한 영혼일 뿐이다.

세상은 늘 상상 이상으로 넓고, 경험 이상의 사람들을 마주하게 한다. 어떤 이들은 그저 나와는 다를 뿐이지만 감정적으로는 확실히 별로다. 바로 그 덕분에 내 앞에 나타난 사람들 중 누구와 더 오래도록 함께할지, 내가 서 있는 이곳에 더 있어볼지 말지 스스로 선택할 기회가 생긴다. 새로운 환경으로 걸어갈 길이 펼쳐지는 것이다.

그러니 남들 눈에 도저히 어떻게 보일지 예상할 수 없는 내 모습 또한 축복하면서 살자. 나도 타인의 다채로운 삶에 기여할 테니까. 언제나, 누구에게나, 심지어 나 자신에게조차 독야청청 다이아몬드로만 보이고 싶어 안달할 필요가 없다.

무엇을 두려워하는 거지

갈등혐오의 파시즘

자신만의 생각과 기준이 딱히 뚜렷하지 않으면서도 그저 갈등만 싫어하는 사람들이 있다. 이들은 자신의 의지를 관철하기 위해 싸움을 불사하는 유형의 사람들을 늘 불편해 한다. 하지만 나는 확고한 목소리를 내는 사람들에게 마음이 쏠린다. 생각과 기준이 불분명한 사람들에게는 어떤 의견을 듣고 참고해야 할지 잘 모르겠다. 이들과는 가벼운 차 한 잔을 마셔도 별로 할 이야기가 없다. 무엇보다 그들에게는 '내용 있는 의견'이 너무 부족하거나 거의 없기 때문이다.

그런데 내가 누군가의 의견에 마음이 쏠린다는 건, 아마 그동안 나 자신도 그다지 자기 중심이 뚜렷하지는 않았다는 증거다. 고백하자면 나는 백치다. 그러나 방향을 잡는 데 도움이 된다면 그저 누군가의 편을 드는 역할이라도 해보겠다. 조직의 목적은 친목 강화나 신앙생활을 지원하는 데 있지 않다. 겉으로 보기에 너무나 화목한 조직을 만들려고 애쓰는 사람에게는 오히려 파시즘의 냄새가 난다. '갈등은 악이다. 악을 없애라'는 은근하지만 강한 갈등혐오의 파시즘 말이다.

직장생활, 쓸데없는 생각 정리

나만의 일, 재미있는 일 어쩌구 저쩌구

십 수년 째 평범한 직장생활을 하며 늘 머릿속에 쳇바퀴처럼 돌고 도는 몇 가지 쓸데없는 생각을 정리해본다.

1. 나만의 일을 하고 싶다

회사에 버섯처럼 앉아 있다 보면 '저 인간'이 시키는 일을 고분고분 해주는 나 자신이 한심하게 느껴질 때가 있다. 그러자면 내 이름을 건 '내 일'을 하는 것, 내 브랜드를 걸고 세상과 소통하는 것에 헤어나올 수 없는 매혹을 느끼곤 한다. 내 방식이 세상 사람들에게 통하는 것을 발견할 때 얼마나 속이 시원할까!

물론 남이 시키는 일만 해도 자기 효능감 만땅인 때가 있기는 하다. 바로 핫바지 사회 초년병 시절이다. 그 시절엔 세상

물정도, 목표를 세우는 법도 잘 모르고, 마음도 조급하니, 일단 멋진 샘플 커리어를 찾아다니며 남의 일에 에너지를 한껏 쏟아본다. 그러다 어느 날 홀홀 소진해버린 시간에 배신감을 느끼며 차라리 유튜버 '나' 할 걸 후회하게 되는 것이다. 그런데 나만의 일을 한다고 해서 배신당하지 않는다는 보장이 있을까? 내 일을 의지대로 자유롭게 할 수 있다는 생각은 환상에 불과하다. 이 세상에 오롯이 혼자 할 수 있는 일은 많지 않은데다가, 내 일을 위해 두 명만 모여도 그때부터는 이미 다른 사람의 인생이 엮이는 '남의 일'이 된다. 또 어쩌면 내 일을 망가뜨리는 당사자가 하필 자기 자신일 수도 있다. "내가… 내가… 나를 믿는 멍청한 선택을 하였구나!" 무슨 일을 해왔든 살아가면서 점차 자기 효능감이 떨어지게 마련이다.

살면서 내 맘대로 되는 게 별로 없고 그 사실이 고통스럽기도 하니 자기 효능감을 갖추는 것이 되게 중요한 인생 과제처럼 여겨지는 모양이다. 그렇지만 산다는 건 어차피 평생토록 뭐가 튀어나올지 모르는 낯선 세상과 맞춰가며, 나 서 있을 땅 한 칸 둘러보고 자리잡는 일이다. 이 넓디넓은 세상에서는 자기 영향력에 한계가 있음을 인정하는 것이 더 합리적인 태도다. 그러다 더 이상 무언가에 맞추기 위해 애쓰며 살지 않아도 되는 시점 또한 올 것임이 분명하다.

2. 재미있는 일을 하고 싶다

근 20년 돈 버는 일을 해보니, 돈은 이래 벌어도 재미없고 저래 벌어도 재미없다. 내 일을 하든 남의 일을 하든 돈 버는 일은 재미없다. 내 맘대로 안 되는 순간, 쏟아놓은 시간에 배신당하는 순간을 점점 더 자주 맞닥뜨리면서, 초반의 열성은 주변 사람이 싫어질 때까지 빛이 바랜다. 어느 날 오랜 취미인 그림을 그리면서 생각했다. 만약에 내가 일러스트레이터가 됐다면, 내게 일을 맡긴 클라이언트를 향해 그림의 'ㄱ'자도 모르는 놈이라며 1초에 한 번씩 욕했을 거야.

일을 하면서 재미있었던 때를 떠올려본다. 일의 핵심을 깨닫거나, 좋은 평가를 받아 권한을 얻었거나, 사람들과 일터에 대한 '정교한 진단과 걱정'을 하는 시간이 나름 재미있었다. 그렇지만 그런 것도 기껏해야 한두 해 지속됐을 뿐이다. 일이 재미없어지는 원인은 돈이나 회사 그 자체에 있지 않다. 인간은 원래 새로운 것에 재미를 느끼다가 금방 지루해한다. 흥분과 자극, 호기심이 점점 무뎌지고, 이상과 기대, 자유와 변화에 대한 갈망이 현실과 부딪쳐 사정없이 깨지니 재미있을 턱이 없다. 그렇다고 모든 자극이 다 지향할 만한 것도 아니다. 조직개편과 같은 타의에 의한 변화는 짜증 그 자체다.

우리네 대부분은 돈 버는 일을 오랜 세월에 걸쳐 해야 한다.

일은 인생의 일부이고, 인생은 시간으로 채워지며, 시간은 고통으로 점철된다. 그러니 재미로만 일을 지속하려고 하면, 일하며 보내야 하는 매 시간 단위 단위를 채울 재료가 너무 부족해진다. 일은 그저 이따금의 재미와 몰입, 의무감과 책임감, 그냥 멍 때림, 억지 의지, 정신 얼빠짐, 타의, 집착, 포기하거나 타협하는 순간 등의 다채로움으로 지속해간다. 그러다 더는 억지 노동에 얽매일 필요가 없는 시점 또한 올 것임이 분명하다.

3. 일과 삶을 분리하고 싶다

나만의 일이든 재미있는 일이든, 일의 의미를 찾고 싶다는 바람을 가만히 들여다보았다. 엄밀히 파고드니 뭘 더 대단한 것을 하고 싶다는 발산의 욕망이 아니었다. 오히려 스스로 일을 포기할지도 모른다는 데서 오는 불안과 두려움이 기저에 깔려 있었다. 나는 영원한 안정을, 영원히 돈이 나올 구석을 찾고 싶어 했다. 그 방법이라고 떠올린 게 기껏해야 '스스로 일을 지속할 동기'를 찾는 것일 뿐이다. 동기-노동-돈-안정을 의심 없이 연결 짓는 인간은 참으로 관성적이고 시야가 좁다.

인간사 모를 일이라는 걸 인정하더라도, 노동 없이 갑자기 돈이 하늘에서 떨어지는 희망을 이야기하지는 않으려고 한다. 물론 나도 가끔 로또를 사지만 말이다. 그렇다고 해서 노동을 미적으로 찬양하는 것도 조금 민망하다. 그렇게 하기에는 일터에서 받는 스트레스에 나는 좀 취약하다. 그저 이렇게 평범한 격려를 해보겠다.

일과 삶은 분리되지 않는다. 매일의 노동을 견뎌내는 방법은 평범한 삶을 살아가는 일반적인 방법과 똑같다. 그러니 복권 번호를 맞추는 직감보다는, 내 삶의 이력과 나이테가 훨씬 더 기대고 믿을 만한 토대가 되어줄 것이다. 기약 없는 노동을 피하고 싶은 생각이 들 때, 우리에게는 순전히 '기억'을 떠올리는 일만이 필요한 걸지도 모르겠다. 잘 되짚어보자. 그동안 험난한 시간을 잘 헤쳐 견뎌왔고, 또 대부분의 날들을 씩씩하게 지냈다. 그저 앞으로도 이렇게만 해나가면 될 일이다. 지금 주말의 햇살 옆에서 글 줄을 이어간다는 사실이 이대로도 아무 문제 없다는 가장 확실한 증거다.

그리고 조금 더 관대해지자면, 얼마간 그깟 쓸데없는 생각에 사로잡혀 있다고 해서 대단히 큰일 날 것도 없다. 이런 한계가 언제나 내 세계의 전부였으니 말이다.

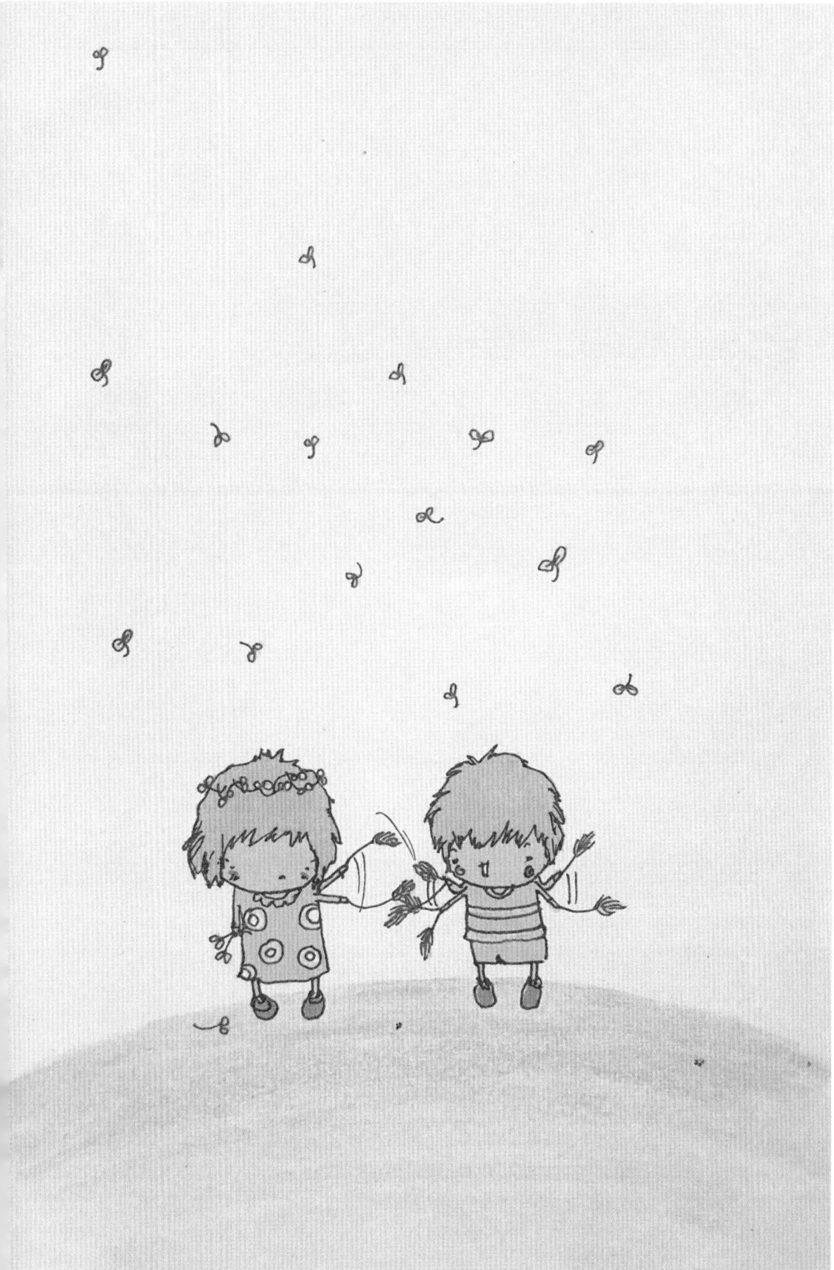

4
나를 확장하는 법

함께 길을 만들었던 '때'들

정답을 알 수 없는 매 순간 진심을 다했을 때
나는 새 길에 들어섰다

동료 한 사람 한 사람의 업무 톡에 정성을 다해 응대했을 때. 그러나 매번 서로의 정성과 감사함에 기대야만 일이 해결 되는, 체계 없는 사업에 문제 의식을 느꼈을 때.

번아웃 직전의 동료들에게 일정을 미루자고 했을 때. 그러나 하나라도 더 제대로 해보려고 노력해야 하는 것 아니냐며 분노를 터뜨리는 다른 동료의 말에, 결국 미루지 않고 해냈을 때.

지난 1년간 열심히 일한 결과가 멍청하고 성실하기만 한 것이었음을 깨달았을 때. 그러나 결국 그 멍청한 과정이 발판이 되어, 한 발 더 나아간 프로젝트를 진행하게 됐을 때.

뒤에서 내 험담을 하던 동료에게 앙심을 품었다가, 한 잔 술에 내려놓았을 때. 그리고 끝까지 웃으며 마주하여, 결국에는 서로를 이해하는 친구가 되었을 때.

편협하기 짝이 없는 보스의 사업 방향성에 강한 태클을 걸었을 때. 그러나 일단 보스의 방향을 온전히 받아들여 열심히 굴려보니, 결과가 매우 좋았을 때.

지금 좋은 것이 좋은 게 아닐 수 있음을 알았을 때. 지금 나쁜 것이 나쁜 게 아닐 수 있음을 알았을 때. 결국 순간순간에 내 진심을 다 했을 때.

협력

답이 있는 게 아니라 '길'이 있다

길은 따로 있는 게 아니라 함께 만들어간다

내가 하는 일에 '정답'이 있고, 심지어 그 답이 '바깥'에 있다 여기면 스스로의 생각에 확신을 가질 수 없어 두려움에 휩싸인다. 이러한 태도를 갖고 있으면, 매사 타인에게 무시당하는 것만 같은 피해의식이 자존감을 갉아먹어 일과 주변 관계를 그르치는 길로 천천히 걸어가게 된다.

반대로 '정답'이 오로지 '내게서만' 나온다고 여겨도, 이 또한 모든 것을 틀림없이 맞춰야 한다는 압박에 두려워진다. 이러한 태도를 갖고 있으면, 내면의 두려움이 표면으로 올라와 교만, 오만, 독선으로 둔갑하면서 일과 관계, 자기 자신 모두를 빠르게 그르친다.

답이 있는 게 아니라 '길'이 있다. 길이 있는 게 아니라 길을 '만들어간다.' 이 길은 나 혼자가 아니라 다른 이들과 '함께' 만들어간다. 함께 만들어갈 때 쓸데없이 짊어진 짐을 내려놓고 내가 잘할 수 있는 역할에 집중한다. 함께 만들어갈 때 내 생각이 더욱 가치 있게 다뤄진다. 길에서 좀 벗어난 것 같으면 다른 이들이 바로잡아주고 기다려준다. 그래서 틀린 것을 인정하게 되고, 좀 틀려도 죽지 않는다는 경험을 하게 된다. 틀린 게 아니라 생각이 다른 것에 불과하며, 생각이 바뀌면 언제든 우리가 만들어가는 길로 되돌아오면 그만이라는 걸 알게 되니까.

협력은 사이좋은 동아리 친목으로 일하는 것과는 다르다. 협력은 '참여'에 기반하며, 서로가 서로를 보호하는 시스템을 어울렁 더울렁 만들어가는 일이다.

후배에게 리더를 맡기던 날

잘해온 날들이 쌓여갈수록, 잘못하고 못되게 굴던 일들은 더욱 새파랗게 잊혀지지 않는다

"혹시 제가 리더로서 어떻게 하기를 바라는지 기대하는 바가 있으세요?"라고 그가 물었다.

나는 답했다. 제가 하는 방식이 누구에게나 들어맞는 정답은 아닐 거에요. 저는 세 가지 태도를 실천하면서, 동료로서 리더로서 스스로를 격려할 만큼의 성공 경험을 쌓고 성장해 온 것 같아요.

첫 번째는, 일을 할 때 상대하는 한 사람 한 사람에게 최선을 다하는 거에요. 말과 행동, 메일, 업무 톡 모든 부분에서요. 조금 바빠서 늦거나 잊더라도 나중에라도 챙겨보는 거에요. 저 사람이 나를 존중하고 나의 일을 소중하게 생각한다고 느낄 수 있도록 노력하고 있어요.

두 번째는, 친절한 개인성과 개인기, 동료에 대한 존중으로만 모든 일이 잘 굴러갈 수 없음을 항상 인지하는 거예요. 업무와 업무 간, 역할과 역할 간에는 반드시 모호한 영역이 있고, 이 모호함이 문제를 일으켜요. 시스템의 구멍을 찾아내고, 해결 방법을 찾으려고 노력하면 좋겠어요.

세 번째는, 제게 당신이 있는 것처럼, 일을 완전히 믿고 맡길 수 있는 동료들과 함께하는 거예요. 리더들은 본인이 카리스마 있는 리더십을 발휘해야 사람들이 자신을 따른다고 착각하는데요, 사실 리더는 오로지 팔로워들이 자발적으로 따라주기 때문에 존재할 수 있어요. 후배들을 존경하고 모시고 늘 감사하는 마음을 가지면 도움을 많이 받을 거예요.

그는 나의 그럴듯한 말들에 '멋지다'며 감탄하며 돌아갔지만, 나는 그날, 예전 회사의 팀원들에게 못되게 굴던 때를 떠올렸다. 잘해온 날들이 쌓여갈수록, 잘못하고 못되게 굴던 일들 또한 새파랗게 선명하여 잊혀지지 않는다.

팀원 분들에게 남긴 메모

"나와 남은 다르다"는, 이 너무나 명백하고 진부한 사실을
우리는 너무 자주 잊고 산다

나의 의견이 탁탁 막혀버리는 거친 회의. 누구에게나 기분
이 나쁘게 마련인 이런 상황을 잘 이겨내 나 자신을 함부로
대하지 못하게 하는 스킬을 익힐 필요가 있다.

그러나 상대는 왜 그렇게 내 의견을 가로막아버리는 것일
까? 그냥 캐릭터가 다채롭고 다양해서? 싸가지가 없어서?
내가 만만해서?
나 뿐만이 아니라 상대방 또한 본인만의 고유한 목적을 가
지고 우리를 만난다. 그래서 많은 사람을 회의에 초청할 때
주의 하자는 것이다.

상대방을 이해한다는 것은, 상대방의 의견을 모두 존중한다

거나, 상대방의 질문에 모두 대답해야 한다거나, 상황을 일단 전부 수용하고 보라는 것이 아니다. 상대방 또한 주체적인 의지와 판단과 목적과 자신만의 시간을 가진 인간임을 이해하는 것이다.

그러므로 나의 선의나 성실함, 친절한 설명이 상대방에게 귀찮을 수도 있다는 사실을 받아들여야 한다. '도저히 그런 일은 있어서는 안 돼' 하는 일은 세상에 없다.

오늘도 한 번 더

나 자신도, 타인도, 절대 포기하지 않는 참을성 기르기

오늘까지도 당신에게서 내가 원하는 것을 확인하지 못하면 내 시야에서 매섭게 도려내버리겠다고 마음먹은 순간마다 상대방에게서 변화된 모습을 보았다. 중요한 열쇠는 '오늘까지도'가 사실은 '오늘도 한 번 더'였다는 거다. 배수진을 치고 뒤로 물러선 게 아니라, 기를 쓰고 한 발 더 다가섰다는 거다.

티핑 포인트에 도달할 때까지, 어떤 상황도, 어떤 사람도, 그러니까 나 자신을 끝까지 포기하지 않겠다. 누군가를 똥, 걸림돌, 훼방꾼, 낙오자로 뒤집어 씌우고 싶은 마음은 오롯이 나의 나약함에서 비롯되는 거라는 사실을 확실히 깨닫는다. 타인이란 내가 그런 혐의를 뒤집어씌운다고 쉽게 훼손될 가

벼운 역사가 아니다.

무엇보다 감사한 건, 상대방도 자기 자신을 포기하지 않은
덕분에 우리가 어느 지점에서 만날 수 있다는 거다. 내가 누
군가를 이끌고 마음 쓰고 기다려서 어떤 경지에 올려내는
게 아니라 서로 멈춰 서지 않고 나아가기에 만난다. 드디어
아래에서 위로 올라왔다든지, 비로소 나란히 서서 같은 곳
을 바라보게 됐다든지 따위가 아니라 너랑 나랑 어느 날 얼
굴을 그냥 딱 마주하게 되는 것이다.

자유로이 불안의 파도를 타기

타인이 제시한 프레임이 '이상적'으로 느껴질수록
그 프레임에서 더욱 빨리 벗어나기

여러 해 동안 책과 강의를 통해 리더론, 역할론, 세대론, 전문가론 등 각종 정체성 담론을 접했지만, 타인이 제시한 이상적인 프레임은 나를 옭아매기만 했다. 이 프레임들은 내게 무엇을 더 '할 수 있어야 하는지' 알려주곤 했지만 대개는 쉽게 따라 할 수 없었고 나를 위축되게 했다.

반면에 나만의 소소한 원칙을 세우고 일관성 있게 지킬 때 안정되고 담대한 하루하루를 보낼 수 있었는데, 개중에 특별히 나를 자유롭게 해준 몇 가지 태도가 있다. 이들은 모두 무언가를 더 '하지 않는' 자세다. 가령,

1. 나는 케어받거나 이해받아야 할 필요가 없다.
예를 들면 사회적으로 나보다 강하다고 통상 인정되는 타

인, 즉, 어르신, 상사, 계약적 갑, 대세의 무리에게 뭔가를 꼭 구하고 받아야 되는 것은 아니다. 보통 스스로 강하다고 여기는 사람들은 본인보다 아래로 보는 사람들에게 기회, 이해, 보상, 시간을 '준다'고 생각한다. 그러나 나는 한 인간으로서 윈윈하는 파트너로 성장할 수 없는 존재가 주는 선물은 받지 않는다. 나 또한 관계를 만들어가는 초반에는 그들에게 내 에너지를 빌려갈 충분한 기회를 준다. 그러나 아무리 노력하고 기다려도 만족할 만한 소통이 되지 않는 상대가 있게 마련이다. 그런 사람들에게 무언가를 덥석 받았다가는 나중에 전부 짐만 될 뿐이다.

2. 다양한 사람을 있는 그대로 인정하지만, 꼭 같이 갈 필요는 없다.

다양한 사람의 경험, 방식, 태도 등을 있는 그대로 존중하고 관찰하고 배우지만, 그게 내가 모두를 수용해야 한다는 의미, 그 사람의 제안을 반드시 따라야 한다는 의미, 그에게 친절하게 굴어야 한다는 의미, 나랑 꼭 같이 한 배를 타고 뭔가를 해야 한다는 의미는 아니다. 나는 그 사람하고 뭘 잘 안 해봐도 된다. 나는 맞지 않는 사람들을 내 세계 밖으로 충분히 밀어낼 수 있다.

3. 나는 인격적으로 우월하지 않다.

나는 뻔뻔하게 말과 행동을 바꾸기도 하고, 감정적으로 성가시게 구는 사람들에게 섭섭하고 냉정하게 대할 때도 있다. 찌질하게 굴고 짜증도 내고 헛소리도 한다. 나는 내게 조언과 충고를 하는 사람에게 감사하기보다는, 자신에게 더욱더 잘 대해 달라고 조르는 것으로 단정 짓는다. 그리고 조르는 과정이 불쾌하면, 잘 안 대해준다.

단호하게 정리한 것처럼 보여도, 이런 태도를 내면화하기까지 사회생활을 하면서 많은 갈등과 고통의 시간이 있었다. 내가 과거에 정체성 담론을 찾아 뒤적였던 것은, 더 멋지고, 잘나고, 훌륭하고, 반박할 수 없는 사람이 되어서 타인에게 도전받는 상황을 영구적으로 회피하고 싶었기 때문이다. 그러나 이는 그저 순진무구한 방어기제였을 뿐이다. 사회라는 바다의 거친 파도는 특정 유형의 전문가나 리더를 골라서 피해가지 않는다. 원치 않게 받게 되는 도전, 억울하게 맞닥뜨리는 사건 사고, 진실과는 동떨어진 평가, 그 모든 거친 상황은 내 기준에 알맞게 합리적이거나 잘 계산되었거나 정교하게 조정되어 일어나지 않는다. 대부분은 타인과 나의 불안과 두려움이 뒤섞여 일어나는 일이었다. 이를 이해하게 되면, 될 수 없는 무언가가 되려고 하기보다는 자신 본연의 담대함에 집중하게 된다. 바로 지금 눈앞의 높은 파도를 어

떻게 부드럽게 서핑하며 지나갈 것인가, 그저 이 질문에 골
똘하게 된다.

원래 내 것은 없지만 네 것도 없어

그래, 정답은 '손해보듯 사는 것'이다

평생의 안달이 나를 지치게 한다. 무엇에 그렇게 손해볼까 쫓기듯 구는 것일까? 손에 쥔 듯 착각하는 바로 지금의 이득, 명예와 지위, 있어 보이는 타이틀, 타인과 세상에 지지 않는 싸움에 나는 늘 집착한다. 쥐고 있다고 생각하니 놓게 될까 두렵다. 놓으면 무슨 일이 벌어질지 알 수 없어 불안하다. 실체도 없는 적^{enemy}에게, 정확히 뭔지 모를 자산을 빼앗길까 봐 두려워한다.

내 것을 빼앗아 갈 나쁜 놈이 당최 누구일까. 손톱을 물어뜯으며 어제 있었던 기분 나쁜 일들을 곱씹어본다. 걔넨 도대체 나한테 뭘 원하는 거지. 그들을 제압하고 대항하는 시나리오를 반복해서 써본다. 뒤통수를 맞기 전에 먼저 수를 써

보자. 잔머리를 굴리자면 내 마음과 말씨가 각박하고 조잡해지는 걸 느낀다. 불안한 자는 이렇게 자신의 두려움을 현실로 실현하는 길을 틀림없이 걸어가게 된다.

내가 이미 알고 있는 것이다. 내 것이라고 우기지만 내심 내 것 같지 않은 그 느낌이 진실이라는 걸. 그 무엇도 오로지 나 혼자만의 힘으로 얻게 된 것이 없다. 대부분은 그저 살면서 우연한 기회에 선물처럼 주어진, 잠깐 묵어가는 5성급 호텔의 거위털 침구 같은 것이다. 타고났다, 운이 좋다, 사람들은 무엇이 공짜인지 정확히 알아보고 이야기한다. 노력은 타고난 운 위에 차곡차곡 쌓이는 것이니, 항상 나중에야 생각할 일이다.

눈앞의 것을 자기 것으로 착각하는 게 인간의 기본이라면 평소에 좀 손해보는 듯이 사는 게 균형을 맞추는 방법이다. 최악의 경우를 상상해보았자 함께 일구어 맺은 열매를 혼자만 탐내는 이를 만나는 것인데, 어디 한 번 다 가져가보라고 할 참이다. 내 걸 망가뜨린 대도 절대로 네 것이 되지는 않을 테니. 원래 내 것이 아니었던 만큼, 네 것도 끝까지 아닐 테니. 한때 다 가진 듯한 착각이 들더라도, 불안한 마음에 무리한 행동을 하지 않도록 그는 정말이지 사방팔방 각고의 노력을 해야 할 것이다.

나는 조금은 모자른 듯 평균 80점 인생을 살면서 누군가 편
안히 다가올 수 있도록 곁을 비워두겠다. 힘을 덜 들이고, 악
쓰지 않고, 웃으며 타인을 맞이한 다음에는 이렇게 말할 것
이다. '보이지? 내가 항상 20이 부족한데 너가 좀 도와주면
참 좋겠어'라고.

상대성

뭐든지 다 내게 쓸모가 있다

회사에 일 못하는 사람이 있다고 열 받거나 스트레스 받을 필요가 없다. 그 사람이 나태한 덕분에 나에 대한 업무 평가가 좋을 수 있다.

일이 잘 굴러가지 않는다고 짜증 낼 필요가 없다. 남들이 다 함께 느리게 가기를 원한다면, 나도 한껏 여유를 즐기며 일에 임할 수 있다.

나쁜 평가를 단 한마디도 듣지 않으려고 발버둥칠 필요는 없다. 자존심 상한 순간을 곱씹으며 도약하기 좋고, 과한 책임을 내려놓으며 정말 자신 있는 일만 맡을 수 있다.

싫은 사람이나 싫은 사건이 생기면, 무작정 명상에 돌입하기보다는 그 싫음을 통해 구체적으로 얻을 수 있는 게 무엇인지 생각해본다. '고난이 사람을 성장하게 한다', '싫은 사람이 귀인이다' 뭐 이런 멋진 말들은 비장하기만 하고 별 재미가 없다. 오히려 무엇을 세속적으로 이득 보고 있는지 한 줄 한 줄 계산하다 보면, 마음이 풀어지며 피식피식 웃음이 나오고야 만다.

treasure & toxic

못 배웠다

어떻게 더불어 살 것인지에 대해,
나는 배운 것이 별로 없다

이따금 회의가 끝나고 머리가 아프면 회사 휴게실에 놓인 안마의자 위에서 휴식을 취한다. 안마의자가 놓인 방은 어두운 커튼을 쳐놓고 공기 청정기를 틀어놔서 쾌적하게 피로를 풀기에 제격이다. 어느 날 깊은 잠에 들었다 깨어 부스스한 머리를 하고 화장실에 들르니, 마침 청소 아주머니도 자다 깬 얼굴로 복도 화장실 맨 마지막 칸에서 구부정히 기어 나온다. 그녀는 그 마지막 칸 변기 옆, 비밀스럽게 숨겨진 창고에서 막 쉬다 나온 참이다. 나는 창고 안을 슬쩍 들여다보았다. 사람 한 명이 간신히 들어갈 만한 크기에, 각종 청소 도구들과 노란색 수건, 두루마리 휴지들이 잔뜩 쌓여 있다. 아주머니는 본인이 민망했는지 창고가 민망했는지 나를 보며 쑥스럽게 웃었다. 나는 무슨 말을 해야 할지 몰라서 그저 같이 웃었다.

몸이 아팠던 날 점심에, 팥죽을 사 들고 회사 건물로 들어가려는데, 보안 요원이 내 앞을 막았다. 외부 음식은 반입할 수 없단다. 몸이 아픈데 밥까지 먹지 못한다니 서러웠지만 애꿎은 보안 요원에게 항의할 이유는 없다. 꽤 값 나가는 팥죽을 들고 버려야 하나 어째야 하나 생각하며 터덜터덜 화장실에 걸어 들어가니 청소하는 아주머니가 있었다. 나는 혹시 결례가 되지는 않을까 한참 고민하다가, 아주머니에게 말을 걸었다.

"아주머니 이거 새 건데, 가지고 들어갈 수 없어서 제가 먹지 못하게 됐어요. 점심 안 드셨으면 이 죽 드시겠어요?"

혹시 내가 자기를 낮추어 보는 행동으로 여기면 어쩔까 걱정했는데, 아주머니의 표정에 화색이 돌았다. 본인도 밥을 먹지 못했고, 감사하게 받겠다는 것이다. 마음이 한결 가벼웠지만 잠시나마 묘한 마음이 드는 것은 어쩔 수 없었다.

어느 날 이런 생각들을 곰곰 되씹다가 동료 언니에게 말했다. 언니 나는 회사 청소해주시는 아주머니들한테 인사를 잘하는데, 앞으로도 인사를 계속하는 게 맞을까? 아주머니들이 말이지, 내가 본인들을 의식한다고, 가식적으로 예의를 갖춘다고 생각하지는 않을까? 그러자 언니가 대답했다. 뭔소리야. 다 됐고. 맨날 니 똥 닦은 휴지 치워주는 분들이니까 무조건 만날 때마다 꼬박꼬박 인사해. 나는 그 순간 내가 뭔가 잘못하고 있다는 걸 알았다.

그 잘못이란 아마도 이런 걸까. 돈을 만들어내는 일과 가치를 만들어내는 일을 혼동하는 것. 물건은 반드시 돈을 주고 사야 한다고 믿는 것. 모르는 사람에게는 걸인을 빼고는 무언가를 공짜로 줘본 적이 없는 것. 회사 안에서의 계급 놀이와 패싸움은 익숙한데, 회사 바깥의 사람들은 어떤 '부류'에 속한 사람들인지 잘 모르는 것. 익숙한 프레임과 법칙, 카테고리에 기대지 않고는 무언가를 해석하는 데 다소 어려움을 겪는 것. 이 나이가 되도록 청소 아주머니 한 분을 어떻게 대해야 할지 정확한 태도를 배우지 못한 나는, 무슨 대단히 중요한 경험을 쌓으면서 살고 있는 건지 의아해졌다.

공정함

모든 공정은 '운'을 빼놓고 말할 수 없다

왜 지연님은 노조에 가입하지 않아요? 내가 모시는 팀원이 어느 날 내게 질문했다. 저는 이미 사측이어서 노조에 가입할 자격이 없어요. 나는 말했다. 나는 리더라 우리 팀원의 연봉을 모두 볼 수 있다. 그리고 연말에 보상을 배분할 권한이 있다. 숫자를 알게 되면, 기어코 사람들을 숫자로 보는 눈이 생기고야 만다.

평가 시즌에 사람들의 연봉을 보고 있자면, 지난 1년간 우리로서 똘똘 뭉쳐 일하며 느꼈던 충만함은 잠시 '순진함'의 상자에 넣어두게 된다. 연말 평가를 하는 나에게는 항상 충분한 보상액이 주어지지 않으므로, 이 친구들을 무슨 수를 써서든 줄을 세워야 한다.

194

나는 평소에 한 사람 한 사람의 팀원들을 존경하고, 공동체와 협업을 중시하려고 노력한다. 그러면 어떤 일이 벌어지는 줄 아는가? 바로 팀원들의 연봉이 연차에 맞추어 평준화 된다. 각자의 퍼포먼스가 서로의 자리에서 빛난다는 말은 일할 때나 좋다. 압도적 기량을 보여주지 않는 한 본인의 보상만 특별히 커질 일은 별로 없다. 경력이 적은 친구들은 웬만큼 업무 커버리지가 넓어지지 않으면, 일 잘하는 경력자에 비해 성과급에서 불리하다. 상대적으로 고액의 연봉을 받는 친구들은, 매년 기대에 걸맞은 퍼포먼스를 보여주지 못한다면 감동적인 추가 보상을 받기 어렵다. 연봉도 높은데 성격이 까칠하고 고집이 세서 맞추기 어려웠던 경력자는 미친 기량을 보여주지 않으면 많은 보상액을 주기 싫어진다. 겉멋을 좀 들여 말하면, 평소의 나의 소신과 가치가 자원 배분에 영향을 미친다고 하겠는데, 밑바닥을 드러내고 말하면 말 안 듣는 놈은 돈도 없다. 그보다 더 한 진실을 말하자면, 그냥 배분할 돈이 별로 없다.

좀 억울한 측면도 있다. 애초에 동료들의 연봉 차이를 이렇게까지 벌려놓은 것은 내가 아니라 이들의 직전 회사다. 연봉을 많이 주면 좋은 회사, 적게 주면 나쁜 회사. 이런 단순한 이분법을 이제는 나도 믿게 되었다. 어떤 썩어빠질 놈의 회사들은 더럽게 적은 보상으로 훌륭한 친구들을 마구 굴려 온 게 기정 사실로 드러난다. 동료들은 우연히 첫 회사를 거기로 선택했다는 이유만으로 불리한 스타트를 끊은 것이다. 그리고 이제는 이런 어설픈 내게, 보상 배분이라고 하는 큰 책임이 주어져 있다.

공정하다는 것은 무엇일까? 일터에서는 절대적인 업무 능력을 빼고 공정함을 이야기하기 어렵다. 그 사람의 출신 배경, 즉 운을 빼고도 이야기하기 어렵다. 그 사람의 성격이나 사회성 같은 개인적 특질을 빼고 이야기하기 어렵다. 그러나 어쨌든 공정함에 대한 스냅샷Snapshot을 찍을 때는, 인생의 다면성을 일부 무시해야 한다. 그런데 배분하는 주체인 나, 바로 위임받은 사용자의 태도가 이 모든 것을 좌지우지 한다. 이것이 정치이고 권력이다.

그래서 그토록 사회 전반의 문화와 가치관이 중요한 것이지 싶다. 우리들 절대 다수가 무엇을 공정함이라고 정의하는지 사회적으로 '합의'하는 것, 이것 말고는 도대체 기댈 구석이 없기 때문이다.

자격은 필요하지 않아

메시지이냐 혼잣말이냐는 내가 정하는 것이 아니지만
표현은 누구에게나 허락된 자유다

어느 날은 구체성에 대해서 생각했다. 폐부를 찌르는 적나라
한 드러냄에 대해서, 그러나 그것을 바라보는 순진하고 펑퍼
짐한 마음에 대해서. 날카롭게 해부하는 논리는 대상에 직접
덤벼드는 야생성을 지녔고 눈치를 보지 않아 편리하다.

그보다 한 발 물러선 추상에 대해서도 생각했다. 경계선 바
깥으로 뒷걸음질쳐 알쏭달쏭해진 풍경에 대해서, 그러나 그
것을 바라보는 잔뜩 긴장한 정신에 대해서. 시Poet는 해부의
대상을 감추면서도 암호처럼 드러내야 하니 걸러야 할 단어
가 많고 고도의 집중을 요한다.

이 모든 궁리는 아무 소용 없었다. 애초에 표현 방식 같은 건
아무래도 상관 없는 일이다. 잘 다듬어진 언어 뒤에 내 본질

을 숨기고 싶어했을 뿐이니까. 바로 그 이유 때문에 이론, 메시지, 예술이란 허락된 자, 권위자의 전유물이 되어 있다. 권위가 없는 내 표현에는 아무도 관심 갖지 않는다. 나는 본디 숨을 수 있는 사람이 아니다. 나는 스스로는 결코 전문가도, 예술가도, 철학자도 될 수 없다. 메시지냐 혼잣말이냐는 내가 정하는 것이 아니다.

나는 자격 같은 것을 얻기 위해 노력하지 않을 것이다. 숨기 위한 표현 기술을 연구하지는 않을 것이다. 나는 자신을 정직하게 마주하기 위해, 스스로 힘으로 발 딛고 서기 위해 표현할 것이다. 숨지 않을 거라면 더더욱이, 내가 여기에 이 모습 그대로 존재하면 안 되겠느냐고 남들에게 허락받을 필요가 없다.

서른 후반에 정리한, 살아가는 법
가능한 한 정직하게, 그러나 서로를 지켜가면서

1. 사람과 세계를 진심으로 사랑하며 껴안되, 원칙과 경계, 한계를 통해 스스로의 영역을 보호한다.

2. 내 이익이나 두려움 때문에 타인의 마음을 비겁하게 이용하거나, 왜곡하여 해석하지 않는다.

3. 타인의 에너지를 사용할 때는 정중하게 요청한다. 시스템을 통해 착취된 에너지는 내 것이 아니다.

4. 정신 팔려 기분이 너무 흥분되면 이미 악마가 준 술에 취해 있는 것이다. 실수하지 않도록 스스로 뺨을 때린다.

5. 나 자신이 바로 서야 타인 또한 바로 선다. 누군가가 소중하면 소중할수록 선을 확실히 하여 서로를 지킨다.

6. 'Say No'한다. 타인에게 왜곡된 배려와 선심을 남발하여 중심을 빼앗기지 않는다.

7. 나의 말과 행동의 영향력을 직시, 직면한다.

8. 타인에게 보여주기 싫은 욕망을 잘 들여다보되, 스스로
   에게만큼은 욕망을 정직하고 투명하게 드러낸다.

9. 원하는 변화가 찾아오지 않아 너무 답답하면 내게 옹졸한
   마음이 있는지 확인하고, 모두를 축복하는 기도를 해본다.

10. 집착하는 마음이 들면 다 없어도 된다고 생각한다. 진짜
    그래도 되는 거니까.

지구별에서 나를 확장하는 법

타인을 만나고 타인과 친해지고 타인을 받아들이는 게
나를 확장하는 유일한 길이다

예전에는 나다운 나를 '만들기' 위해 노력했다. 내가 바라는
색깔이 분명해지고, 그 색깔을 찾을 시간도 충분하다면 원
하는 나로 되어갈 수 있다고 믿었다. 뭔가 되어간다고 믿으
면, 더 괜찮은 지향점이 있어야 할 것만 같은 압박을 느낀다.
그런데 나는 더 괜찮은 목적지가 어디인지, 더 괜찮다는 게
무엇인지 잘 모른다.

나답다는 건 그저 나의 한계를 안다는 것과 같은 말이었다.
내 몸뚱아리 바깥으로 눈에는 보이지 않는, 내가 만들어놓
은 한계가 있다. 우리가 뭔가를 시도하다가 벽에 부딪친다
고 할 때는 외부의 벽이 아니라 내가 만든 벽에 부딪치는 것
이다. 우리는 몸을 중심으로 둘러쳐진 나만의 벽을 더 바깥
세상으로, 그러니까 사방으로 확장하고 싶어한다. 그러니까

사실 인간은 특별한 지향점으로 수렴하고 싶어하는 게 아니라 계속 커지고 싶어 하는 것이다.

나를 확장한다는 것은 나 혼자만 뚠뚠 커져서 세상을 모조리 집어삼킨다는 의미가 아니다. 일단 물리적인 몸의 한계가 그려낸 내 얼굴을 유지해야 한다. 내가 나인 줄은 알아봐야 뭐라도 할 수 있으니까. 바로 그것이 자아, 자기 인식이며, 삶의 시작점이다. 그리고 이 자아감을 온전히 만끽하려면 다른 시간대의 다른 공간에 몸이 수십 벌 존재해서야 정신이 하나도 없을 테니, 한 챕터의 시공간만 골라 선택과 집중을 하는 수밖에 없다.

내 세계를 확장하려면 아주 천천히 시간을 들여 다른 사람의 손을 잡아야 한다. 앞으로 걸어가서 타인을 만나 말을 걸고, 차 한잔하며 친해지고, 그에게 내가 어떤 사람인지 여러 각도로 묻고, 또 타인의 다름을 내 안에 받아들인다. 또한 내 세계를 확장하는 방식을 두고 나다운 방식이라 일컬을 수 있다면, 타인을 대하는 나만의 태도가 바로 나를 규정하고 설명해줄 것이다.
이 과정과 결과의 추억을 두고두고 기억하는 것이 4차원 지구별에서 내 세계를 확장하는 유일한 길이다.

다시, 어린 왕자로부터
무지, 사랑, 죽음 그리고 책임

1. 인간의 삶

인간은 악의 유혹을 받아 지혜의 열매를 먹고 개안하여, 정보의 심해로부터 세계를 하나씩 분별해간다. 분별의 인간은 고농도의 밀알인 하나님과 멀어지며, 무슨 짓을 해도 본래의 신성과 단일의 장대함을 느끼지 못하게 된 자신의 처지를 업수이 여기게 된다.

그러나 성실한 인간은 너무 많은 것을 보게 된 가운데서도 신과 가장 가까운 것을 찾아 나선다. 최선 또는 차선, 그것도 아니면 차악의 것을 선택하고 살아가는 것을 삶의 소명으로 삼으며, 그 노력에 배신당하여 좌절한 대도 다시 일어나 똑바로 나아가길 스스로에게 요구한다.

2. 순진한 무지

한 존재를 마음 안에 거대하게 품도록 하는 것, 사랑하도록 부추기는 것은 순진한 무지다. 장미의 거대한 존재감은 어린 왕자의 아주 작은 고향에 뿌리내려 있다. 그 존재감을 깨닫고 다른 존재와 분별토록 한 것은 큰 세상에서의 경험이다. 어린왕자가 여러 세계를 다니고 수백 송이의 꼭같은 들장미를 만난 후, 고향 장미의 존재는 그에게 더 깊어진다.

2. 사랑

장미는 나의 내면과 외부 세계 바로 그 경계에서 양팔 잎을 벌리고 서 있다. 내가 그 장미를 사랑한다는 것을 깨닫기 전부터, 언젠가는 발견될 존재로서 이미 나의 일부였다. 그런데 비로소 영(0)점에서 오롯이 드러났을 때라야, '우리는 왜 하필 그것을 만났고 사랑하게 된 거지?'라고 묻는다.

3. 죽음

그리고 뱀. 악이자 지혜이고 시작과 끝인 뱀은 다음의 분별로 나아가기 위한 필연적인 유혹이다. 이것 말고 또 무엇이 있을지 알고 싶어하는 인간에게는 애초에 거부할 수 없는 대상이다. 우리는 호기심, 선을 넘음, 무너뜨림, 허물 벗음, 죽음을 마주한 후에야 그다음의 신을 찾을 수 있게 된다.

어린왕자는 한 번쯤 고향 장미를 떠나 큰 세계로 눈을 돌려야 한다. 그리고 고향별로 돌아가 이전보다 성숙해진 사랑을 이루기 위해, 다음의 안내자인 뱀을 만나야 한다. 매 순간 모든 사물에 성실한 것, 분별하는 첨예한 정신을 지향하는 것, 존재를 재발견하여 신을 깨닫는 것, 또 하나의 선을 넘어 다음으로 나아가는 것이 소명의 삶이다.

4. 책임

그러니 내게 발견된 존재는 그 누구도 아닌 나의 책임이다. 오로지 나의 문제이며 나의 과업이다. 그래서 회피하지 않는다. 직시한다. 어떤 존재를 만나든 받아들인다. 부끄러움을 알고 고통을 알고 죄스러움을 알지만 그럼에도 불구하고, 그럼에도 불구하고.

가치의 재구성
나는 이렇게 생각하기로 했다

정의, 사랑, 용서, 관대함 등은 오랫동안 나를 참 곤란하고도 고통스럽게 만들었던 가치다. 저 단어들만 내세우면 세상만사 뭐든지 다 해결되는 줄 알았던 것이다. 한결같이 고귀하고 절대적이고 우수해 보이는 개념들, 너무 높고 넓고 커서 내게는 쉽사리 허락되지 않는다 생각했던 개념들. 그래서 어떻게 하면 저 가치를 자유자재로 경험할 수 있는지, 그러려면 어떤 재능을 갈고닦아야 하는지 고심하며 살았다.

살면서 수없이 깨졌던 나날들을 돌아보면, 가치란 건 목표하고 지향하는 깃발로서가 아니라 지나간 시간을 매듭짓는 수단으로서만 의미 있게 기능했다. '사랑한다면 이래야 해', '용서한다면 저래야 해'라고 말했던 기준은 늘 박살났다. 반면에 명분, 합리화, 타협, 내려놓음 등을 통해 오늘의 고통과 집착을 내일과 단절시키려 할 때 그제야 상처입은 가치가 손에 붙잡혔다. 가치는 결단이다. 가치는 합의할 수 없다. 외부에서 답을 구할 수 없고, 오로지 내면에서만 자신만의 기준을 찾을 수 있다. 왜냐하면 그것들은 전부 내일로 달음박질할 디딤판이고, 우리 모두의 내일은 전부 다 다른 모습, 다른 방향을 향하고 있으니 말이다. 그러니 이 세상에 1억 명이 있다면 1억 개의 사랑과 1억 개의 정의와 1억 개의 용서가 있다. 가치란 바로 우리들의 개성을 드러내는 것이며, 그저 살아내는 것만으로 자기 자신이 가치 그 자체가 된다.

사람들은 지구상에서 단 30명만이 동의하는 공정은 공정이라 말하지 말자고 한다. 맞는 얘기다. 맞긴 하지만 정치적인 얘기이기도 하다. 우리는 서로 의지할 수 있는 비슷한 사람들을 찾아 헤매며 살고, 결속을 위한 규칙을 끊임없이 구상한다. 나만의 가치 또한 더욱더 정치적으로 정리되고 있다. 말하자면 누군가를 떠나기 위해서, 누군가를 삶에서 지워내기 위해서 그때그때 가치를 재정의한다. 한 명이라도 더 품기 위해서가 아니라 배제하기 위함이니, 그러려면 어디선가 보고 익혀 대충 때려 맞춘 미덕을 곧이곧대로 따를 수는 없으며 보다 정교하고 섬세해져야만 한다.

- 정의 Justice 는 어떤 편에 서 있느냐에 따라 다르다.
- 용서하지만 다시는 보지 않을 수 있다.
- 관대하지만 선을 넘지 않는 한에서다.
- 공정하지만 모두에게 똑같이 행동하지 않을 수 있다.
- 성실하지만 내 일에 대해서지 네 일에 대해서는 아니다.
- 겸손하지만 나를 비하하는 말을 허용하지 않는다.
- 신뢰하지만 방치해야 한다는 것은 아니다.
- 정직하지만 모든 걸 전부 말해야 한다는 것은 아니다.
- 용기있지만 내가 다 나서야 하는 것은 아니다.
- 행복하지만 늘 밝아야 하는 것은 아니다.

마지막으로, 사랑하고 사랑받았으나, 내가 갈망하는 세계로 갈 수 있다면 사람들과의 추억과 마음에 눈을 감을 수 있다.

성장은 관념일 뿐

성장하는 것이 아니라 훈련되고 있을 뿐이다

나이가 든다고 해서 더 성장하거나 나아지고 있지는 않다. 그저 불쑥불쑥 찾아오는 여러 종류의 고통을 견디는 데 제법 훈련되었을 뿐인 거지. 그런데 특정한 상황 속에서 견디는 법을 운 좋게 연습해두었다 하더라도, 언젠간 또 다른 낯선 불안이 찾아오고야 만다.

고통이란 게 매번 신선하기만 한 걸 보면, 인생에는 레벨 업이란 없고 그저 너무도 다양한 퀘스트와 던전만이 있을 뿐인 것 같다. 그렇다면 우리에게 정말로 필요한 건, 언제 써먹어야 할지 마땅찮은 기술 모음집이 아니라, 그저 던전한 코스를 끝까지 완주할 마음가짐이겠다.

나는 나를 어떻게 봐야 할까

타인, 한계, 지금이 '나'를 규정한다

1. 타인을 통해서

나는 내 눈 바깥에 있는 사물만 볼 줄 아는 사람이다. 내게는 물론 마음의 눈이 있고 내면을 볼 수 있는 힘이 있지만 그게 내가 하는 모든 생각과 말과 행동을 그때그때 명석하게 인지한다는 뜻은 아니다.

나는 다른 사람을 통해서 나 자신을 본다. 만약 내가 어떤 사람과 트러블을 일으켰고 그 사람과 나 사이에 불편함이 생겼다면, 그 사람의 개성에 내 모습이 반사되어서 내 마음의 눈에 들어온 것이다. 상대방의 독특한 모양과 굴곡이 없었다면 나의 들쑥날쑥한 모양도 맞춰볼 수 없었을 것이고, 그렇다면 내 전체적인 모습의 한 조각 힌트도 얻을 수 없었을 것이다. 나는 코끼리 다리를 만지면서 코끼리는 참 굵네요라고 말하듯이 나 자신에 대해 띄엄띄엄 알아가고 있다.

좋아하는 사람을 통해서는 나의 진가를 발견하고, 싫어하는 사람을 통해서는 나의 한계를 발견한다. 진가를 만날 때는 마음이 기쁘고 한계를 만날 때는 고통스러우니, 감정을 통해 무엇이 나의 음과 양인지 알 수 있다.

2. 한계를 통해서

사람을 대할 때마다, 또 여러 사건 사고를 대할 때마다 내게는 명확한 한계가 있음이 분명하게 다가온다. 나는 이런 건 받아들일 수 없어, 저런 건 할 수 없다고 생각한다. 한계가 있다는 건 선^Border line이 있어서, 그 선을 넘는 것에 고통을 느낀다는 뜻이다. 선이란 무엇일까? 마음의 모양을 그려내는 선이거나, 성격의 모양을 그려내는 선이거나. 나는 정확한 형상으로 그림 그려진, 닫힌 곡선 안에 한계 지워진 사람이다.

벚나무 씨앗은 벚꽃 나무로만 자란다. 그것이 벚꽃 나무의 한계다. 벚꽃 나무는 절대로 새가 될 수 없다. 난 이게 한계의 개념이라고 생각한다. 다만 어떤 벚꽃 나무는 장대하게 성장하여 수많은 꽃잎을 피워내고, 어떤 벚꽃 나무는 주변 나무들에게 방해받아 비실비실하게 자란다. 어떤 벚꽃 나무는 한쪽 팔만 길게 뻗어 자랄 수도 있다. 한 가지 목적에만 집착한 결과다. 그러다가는 허리가 휘어질 게 분명하지만…. 나무들도 나무들 나름의 개성이 있다. 욕심 많은 반얀트리 는 자기 자신의 굵은 한 몸통도 모자라 여러 가지에서 뿌리 를 뻗어 수많은 몸통을 만들어낸다. 반얀트리는 나무 한 그 루가 아니라 한 그룹으로 보인다. 제주 곶자왈에 가면 나무 끼리 서로 살기 위해 고군분투하는 모습을 볼 수 있다. 다른 나무를 타고 살아가는 기생 담쟁이 나무는 자신이 올라탄 나무를 목 졸라 죽이고, 자기 자신만 살아남는다.

나는 새일까? 나무일까? 나는 장대한 벚꽃 나무일까, 욕심 많은 반얀트리일까, 남들을 죽이는 담쟁이일까, 아니면 그 밑에서 조용히 살아가는 이름 모를 꽃일까? 어떤 모습인지 알 수 없지만 내 한계는 나의 본래적이고 개성 있는 모습을 그려내고, 나는 그 안에서 내가 자랄 수 있는 만큼 자라기 위 해, 내가 서 있는 땅 한 켠을 딛고 서기 위해 노력하는 존재 이다.

점성술이나 사주를 보면 사람에게는 각각에 주어진 고유한 원소 조합이 있어, 운명이 어느 정도는 생긴 대로 굴러간다 고 한다. 그렇지만 다행인 건, 내 주변 사람과 환경에 해당하 는 원소 조합 또한 다양하게 바뀐다는 것이다. 내 고유함은 변하지 않아도, 삶의 결은 나의 선택과 노력으로 바꿀 수 있 다는 얘기다. 우리 모두의 인생이 다채로운 이유가 여기에 있다. 나는 내게 맞는 토양, 내게 맞는 사람을 찾아 여행을 다니며 수많은 인생 이벤트를 만들어낼 수 있는 것이다.

3. 현현함을 통해서

나는 지금의 1초, 1초를 살아내는 사람이다. 만약 지금 살아가는 1초에 계속 집중하다 보면 깨닫는 사실이 하나 있다. 나는 지금 당장 원하는 나 자신을 현현하면서 시간을 보내고 있다는 사실이다.

1초, 1초 글을 쓰는 이 순간, 나는 작가의 한 시간을 현현하고 있다. 1초, 1초 밥을 먹는 순간, 내가 식사에 신경 쓰지 않고 정신이 이미 일터에 가 있다면, 나는 긴장으로 경직되어가는 몸을 무시한 채 계속해서 일하는 시간을 현현하고 있다. 1초, 1초 우울함에 빠져드는 순간, 나는 무슨 이유에서든 혼자만의 고립된 시간을 현현하고 있다. 그렇게 보면 나는 모든 시간을 내가 하고 싶은 대로 하며 살아내고 있다. 이 순간순간이 연결되어 인생의 스토리가 만들어진다.

나는 우울과 2형 조울과 유산, 가난, 배신과 같이 남들처럼 수많은 인생 사건을 겪은 평범한 직장인이다. 나는 좌절하기도 하고 희망하기도 하고, 실패하기도 하고 성공하기도 하면서 행복하게 살아가는 사람이다. 어떤 모양으로 한계 지워진 내가, 순간순간을 내 마음대로 살아가고, 주변 사람과 환경을 통해 성장하며 스토리를 만들어가는 인생의 경험은 정말로 경이롭고 아름답다.

나는 가끔 삶과 나 자신에 어떤 부족함을 느끼고 허기질 때가 분명히 있다. 내가 나를 볼 때 맘에 안 들고 다른 누군가로 변신하거나 바꾸고 싶은 마음이 한가득 들 때가 있다. 그럴 때 평생 친구인 우리 남편이 이야기하는 말을 항상 떠올려 마음을 다잡는다.

"인생 그렇게 매사에 최적화하고 극대화할 필요 없어. 모든 순간에 다 이득을 보려고 할 필요는 없어. 손해를 보는 듯이, 그렇게 조금씩 모자란 듯이 사는 거야."

자기 도약의 법칙
사랑을 준 만큼 사랑받고 싶어질 때

전모를 파악할 수 없을 만큼 크고, 감당하기 힘들 만큼 깊은 '정보'를 두고 '신'이라고 하자. 이 정보가 인지될 때 '부름'이 있다고 하고, 그 부름을 껴안을 때 '사랑'한다고 표현해보자. 사랑을 할 때 감내하는 정서적, 육체적 자극은, 끝이 보이지 않는 미지의 정보를 소화하는 과정에서 비롯되는 '반응'이다. 여러 빛깔이 덧대어진 깊은 슬픔은 '중첩된 감정 정보'이며, 대상을 욕망하는 온갖 환상은 이 고통을 잊게 하는 '모르핀'이다.

신의 수준에 필적했던 거대 정보는 시간이 지나 소화되면서 한 개인의 시스템에 내재화된다. 자극과 환상이 점점 줄어들면서 개인은 안정을 되찾아간다. 그러니 사랑은 반드시

고요해지거나, 성숙하거나, '식는다.' 그리고 개인은 이 내재화된 정보를 통해 도약하며 성장한다. 사랑의 한 사이클을 무사히 마친 개인은 반드시 '다른 사람'이 되어 있다.

사랑의 대상은 사람과 사물을 통틀어 '타자'에 속한다. 이 타자가 처음에는 신의 화신으로 다가왔으므로, 그 모습이 완벽하기 그지없다. 그러나 시간이 지날수록, 타자를 아무리 끌어안아도 나 자체가 될 수 없다는 것을 깨닫는다. 사랑하는 동안 아무리 하나되고 싶어도, 욕망을 이룰 수 없는 개인은 고통받는다. 타자는 절대로 가질 수 없는 얼굴이며, 제 고유한 모양을 고집스럽게 유지한 채 끝없이 나를 밀어낸다. 또한 감당할 수 없었던 '신적 타자'는 시간이 지날수록 분해되고 소화되어 '알 만한 것'으로 변모한다. 사랑의 대상은 내가 처음에 기대한 그 모습이 아니게 된다. 대상에 대한 흥미는 떨어지고, 심지어는 실망하게 된다.

알고 보면 이렇게 완전하지 못한 타자가 어떻게 부름이 되고 계시가 되는가? 감당할 수 없는 정보라는 건 사실, 사랑을 하기로 마음먹은 한 개인이 이미 지녔던 것이기 때문이다. 정보가 어떻게 정보로서 가치를 갖는가? 이미 '해석 가능'한 것만이 '정보'로서 존재할 수 있다. 자기 도약 시스템은 외부에서 가져다 놓는 것이 아니라 '잠자고 있던 것을 구동'하는 것이다.

타자는 왜 내게 녹아들지 못하고 끝까지 달아나는가? 타자 또한 그만의 자기 도약 시스템을 갖춘, 닫혀진 완벽한 우주이기 때문이다. 타자는 절대 나와 '똑같은' 사람이 될 수 없다.

왜 하필 그 사람을, 그것을, 그 사물을 사랑하는가? 하필 그 대상이, 특정 단계의 자기 도약 시스템의 열쇠가 되기 때문이다. 이 내가 지금 바로, 하필 그런 사랑을 하고 싶기 때문이다. 사랑의 과정을 통해 또 한 번의 커다란 삶의 동력을 얻어내고 싶기 때문이다.

자기 도약은 위험하다. 목숨을 걸고, 시절을 건다. 그래서 너무나 고통스럽다. 고통스럽기에 실패할 가능성도 높다. 사랑의 과정이 너무 힘들 때 어느 순간 억울하고 손해나는 감정이 든다. '준 만큼 받고 싶어진다.' 교환하고 싶어진다. 대가를 바라게 된다. 사랑의 대상에게서 특정한 대답을 듣기를 기대하며, 특정한 상황을 바라게 된다. 미성숙한 사랑이다. 사랑의 사이클이 미성숙하게 끝나면, 다음 사랑을 할 때 같은 실수를 하며, 같은 고통을 받게 된다.

응답받지 못하는 사랑, 대가를 바라지 못하는 사랑, 보낼 곳이 정해져 있지만 보내지 못하는 사랑. 그로부터 비롯되는 감정적 고통과 혼란을 가만히 인정하고 끌어안으면, 상처 속에서도 사랑을 지키고, 일상을 디뎌내는 방법을 찾기 시작한다. 그 오갈 데 없는 사랑의 단계를 '아나하타'라고 한다. 아나하타 단계에서는 비로소, 누군가에 의존하거나 누군가를 지배하지 않으며 스스로 바로 서서, 여러 정보를 냉철하게 식별하면서도 타인을 이해하고 따뜻하게 대하며, 더 차원 높은 정보에 대한 이야기를 할 수 있게 된다.

5
휴가지에서—'Life Goes On'

지하철 신들
시시포스의 노역을 하는 인간 군상의 기록

지하철 신들은 인간들에게 내려지는 형벌을 집행하는 하급신의 지위를 갖추었다. 그 형벌이란 다름 아닌 시시포스의 노역이다. 지하철 신들은 끼익끼익하고 덜컹덜컹하는, 다소 무시무시한 소리를 내며 저 깜깜한 지하굴에서부터 자신의 존재감을 밝혀온다. 한때 노역의 인간들은 그 존재의 소리를 들을 때마다 깊은 지하굴 안쪽을 흘끔흘끔 쳐다보았다. 그리고는 곧 영접해야 할 그들과 좀 더 가까이하기 위해 한 발씩 한 발씩 앞으로 이동했다. 신의 장대한 모습을 궁금해 하는 인간의 모습은 매한가지 풍경을 낳는다. 그러고 나면 곧 머리카락이 얼굴을 때리는 세찬 바람을 일으키며 지하철 신들이 틀림없이 등장했던 것이다. 그러나 우리는 그들의 얼굴을 단 몇 초도 볼 수 없다…….

이제는 그들과 인간들 사이에 투명한 스크린 도어가 설치되어 지하철 신을 영접하는 광경은 조금 달라졌다. 인간에게는 본래 노역 외에 허락된 형벌이 없다. 그러나 이따금 몇 몇 주체적 인간이 지하철 신 앞에서 자신의 운명을 스스로 결정하곤 했다. 그런 식의 자가 형벌은 신이 만든 계획과 관계가 없었으므로 스크린 도어의 등장은 정당한 것이다. 그러나 요즘에는 지하철 신들의 신성함을 하찮게 여기는 일부 인간의 교만함이, 시시포스의 노역과는 관계없다고 여기는 착각 속의 인간들이, 그 교만함과는 무관한 다른 희생자를, 어리고 애꿎은 죽음을 만들어낸다. 스크린 도어와 신들의 무정함 사이에서 몇 명이나 그렇게 죽었다. 남은 인간들은 하염없이 분개했지만, 변하는 것이 없는 세상 속에서 지하철 신들은 묵묵히 자신의 임무를 하고, 인간의 교만함은 굳건할 뿐이다.

지하철 신들은 광기의 산물이다. 냉정한 몸체, 그 폭발적인 속도, 굉음도 그렇지만 그들의 성격이 바로 그러하다. 그들은 스폰지처럼 인간들을 빨아들이고 가차없이 문을 닫았다가, 침을 뱉듯 인간들을 투에에 쏟아낸다. 얽히고설켜 있기로는 미로섬과 다를 바 없다.

시시포스의 형벌을 받는 인간들에게 많은 자비는 필요치 않다. 신들의 몸 안에서 인간들은 겹쳐지고, 구겨지고, 내동댕이쳐지고, 밀쳐진다. 두 발 딛고 설 자리를 간신히 마련하기 위해 짜증으로 몸부림치고, 욕지거리가 목구멍까지 나왔다 들어간 후에는 이상하게도 서로에게 어쩔 수 없이 기대어 묘한 안도감을 맛보기도 한다. 그건 각자의 태풍의 눈이 만난 덕일까?

다행인지 불행인지 우리에게는 딱 한 엉덩이만큼의 자비가 마련되어 있다. 자비를 차지하려는 인간들의 사생결단은 눈물겹다. 신들의 몸 안에서 시시포스의 노역을 받는 인간들의 얼굴은 모두 땅을 향해 푹 숙여져 있다. 그들은 시간이 몇 시든 늘 너무나 지쳐서 고개를 들 힘조차 없다. 언제쯤 끝날까, 이 노역은 언제쯤 끝이 날까. 아무리 생각을 해본들 자신의 머리로는 답을 찾을 수 없다.

인간들은 가끔 서로의 얼굴을 흘끔 대며, 깊이를 가늠할 수 없는 삶의 사연을 상상한다. 나는 어느 평범한 날, 자리에 앉아 있는 한 청년을 보았다. 긴 속눈썹, 하얀 피부, 예쁘게 깎아 지른 이마의 선과 부드러운 목선, 그리고 고운 손이 내 시선을 머물게 한다. 그는 틀림없이 아름다운 얼굴을 하고 있다. 단 하나, 그 청년에게는 코가 사라지고 없다. 어떤 식으로든 큰 사고를 당했을 청년의 코에는 뼈가 하나도 남아 있지 않았다. 그는 사라진 코를 중심에 둔 삶을 살고 있을까, 아니면 모든 것에 다 무심한 채로 살아가고 있을까.

또 나는 언젠가, 나와는 살아가는 세계가 다른 사람을 같은 칸에서 동시에 두 명이나 보았다. 한 여자는 간헐적으로 쉰 소리를 질렀고, 다른 한 남자는 이곳과 저곳을 끊임없이 왔다 갔다 돌아다녔다. 나는 그런 사람들을 마주할 때마다 잠시 동안 그 치 떨리는 나약함에, 도대체 어찌할 바를 모르겠는 무책임한 자아도피에 슬며시 화가 나곤 한다. 그렇지만 이내 생각을 바꾼다. 이 세계 말고 다른 세계에서 더 행복하다면, 그리고 그 세계로의 길을 금세 찾았다면야 참으로 행운이다. 그들은 단지 작은 착오에 의해 태어날 곳을 잘못 선택했을 뿐이다. 그렇다고 자신의 육체를 어찌할 만한 용기가 없었던 그들은, 그래서 몸을 이곳에 버리고 자신이 가고 싶은 세계로 날아가버리는 것이다.

이런 적도 있다. 내 앞에 앉은 여자가 입을 틀어막고 터져 나오는 웃음을 막았다. 그 옆에 보호자인 듯한 남자가 "그만 좀 하라고" 소리쳤다. 그는 요구와는 달리 그녀가 사랑스러워 죽겠다는 표정이었다. 그녀는 비스킷과 차음료를 번갈아 입에 갖다 대며, 웃다가 씹던 것을 뿜어댈까 노심초사했다. 한 번 터진 웃음보에 견딜 수 없었는지 틀어막은 손 안쪽으로 호기심, 재미있음, 천박함, 유혹적인 어떤 것들이 줄줄 새어 나왔다. 쉬워 보이는 그녀가 보기 싫었다. 정차하고, 문이 열리고, 모든 일에 자신이 없어 보이는 청년이 들어와 내 왼쪽에 섰다. 그는 급하게 뛰어들어왔는지 숨을 몰아쉬었다. 나는 신경질적으로 이어폰을 귀에 꽂고 음악을 틀었다. 볼륨을 올렸지만 청년의 쌕쌕거리는 숨소리가 이어폰을 부수고 귀를 뚫었다. 쉬운 여자의 소리 없는 어깨의 움직임이 내 시야를 방해하고 신경을 거슬렀다.

'다들 대체 왜 그러는 걸까?'

그렇지만 그건 오로지 나를 향한 물음이었다.

마지막 이야기다. 어느 날은 내릴 역에 도착하기 직전이었다. 나는 앞만 보고 다니는 편이라 보통은 그런 일이 잘 없는데, 그날은 내리기 전에 문 앞에 서 있다가 우연히 왼쪽에 앉아 있는 사람을 쳐다보게 되었다. 머리가 희끗희끗하고 등이 굽은 왜소한 중년의 남자가 한 손에는 안경을 들고 한쪽 팔로는 얼굴을 완전히 묻고, 온몸을 최대한 웅크려 자고 있었다. 그는 술에 잔뜩 취한 것 치고는 아주 얌전하게, 심지어는 짧은 치마를 입은 여자보다도 더 다소곳하게 앉았다. 나는 그 중년 남자의 넥타이이며 양복이며 구두를 유심히 살피다가 앞으로 쭈뼛쭈뼛 다가가 소심하게 어깨를 톡톡 두드려 보았다. 기적이 없었다. 이번에는 그 사람 앞에 꼬구리고 앉아 얼굴을 확인했다. 주변에 있던 사람이 그런 나의 행동을 이상한 듯이 쳐다보았다. 지하철 문이 열리기 직전, 다시 한 번, 조금 세게 그를 흔들어 깨웠다.

깜짝 놀라 잠에서 깨어 나를 올려다본 그는 바로 내 아버지였다. 우리들의 저 신성한 시시포스의 노역은 마침내 대를 이어 내려오는 것이었다.

아파트 신들

"아빠는 반드시 이런 아파트를 다시 구할 것이다"

── 모든 가난의 기억은 신성하고 사치스럽다

각지고 네모 반듯한 아파트들은, 계급은 낮아도 거인신의 지위를 갖고 있다. 투박하고 을씨년한 아파트 신들의 살은, 거칠고 냉정하며 다채로운 대자연의 신들로부터 연약한 인간을 보호한다. 아파트 신들의 가슴속은, 인간들의 세계 하나하나를 품어 지키는 사명을 가진 만큼 단단하고 따뜻하다. 인간은 이 거인신들의 주머니에 웅크리고 누워 몇 날 며칠이고 내키는 대로 살아갈 수 있다. 그곳에는 보편적인 시간이 흐르지 않으며, 아찔한 하늘의 높이도 무자비한 땅의 깊이도 신경 쓸 필요 없는 새하얀 공간만이 있다.

아파트 신들은 멀뚱하게 서 있기만 하는 까닭에 그 존재가 잊혀져 있지만, 그들에게는 저마다 개나리를 안고 있는 신성한 담벼락 골목이 있다. 이따금 볕을 쬐러 나온 노인들이 천천히 지나가며 눈여겨 볼 뿐인 고요한 길. 길인 듯 길이 아닌 길. 차들이 줄지어 잠들어 있는 길. 거기엔 한 철 수수께끼처럼 피었다 잊혀지는 흰 목련과 붉은 장미들도, 4층 높이를 거뜬히 치솟는 바싹하고 검은 나무들도 자리잡고 있다. 수줍게 드러난 이 골목을 주의 깊게 걷다 보면 이따금 차밑에서 기어 나오는 갈색 줄무늬 새끼 고양이를 만나기도 할 것이다. 아무도 눈치채지 못하게 포복하던 고양이가 멈춰 서서 몇 초간 나를 응시할 때, 나뭇잎과 나뭇잎이 바람에 파도처럼 쏠리고 햇빛을 반사하여 반짝이기 시작하는 그때, 고요히 시간이 멈추는 기적을 보게 될 수도 있다.

밤은 아파트 신들의 성스러움이 두드러지는 시간이다. 먼 발치에서 거인 신들을 바라 보자면, 어느새인가부터 보이지 않던 도심 하늘의 별이 실은 그들의 품에 들어차 있다는 걸 알 수 있다. 보호받는 인간은 늦은 밤까지 이 부드러운 별빛을 제 것인 양 만끽하며 지낸다. 무척추동물처럼 드러누워서는 먹을 것을 입에 우적 대고, TV를 보고 키득거리며 상처받은 낮 시간을 잊으려고 애쓴다. 그러나 개중에서도 비밀스러움과 한스러움을 간직하려는 사람들은 별빛을 아낀다. 그들은 국소적이고 은은한 조명만을 허락한 어둠 속에 방문

을 잠그고 들어가 웅크리거나 아니면 숨소리를 죽인 채 캄
캄한 신들의 품 밖으로 살살 기어 나온다. 아파트 신들은 그
들의 거대한 그림자를 더욱 한껏 드리워, 우리의 비밀을 지
켜줄 수 있는 은밀한 장소를 만들어준다. 망가진 놀이터라
던가 담쟁이가 둘러싼 버려진 벤치가 바로 그곳이다. 어떤
중년 남자는 그곳에서 어둠 속에 깊이 잠겨 있다. 또 어떤 여
인은 그곳에서 오랜 연인과 조용조용 말다툼하다 훌쩍이기
도 한다. 별빛은 그때, 중년 남자가 서럽도록 끌어 마신 담배
한 개비 끝에, 여인이 조근대던 휴대폰 속에 내려 앉아있다.

아파트 신들은 이따금 메마른 인간들의 삶에 축복을 내리
기도 한다. 엄마가 나를 부르며 소녀처럼 신나 하던 어느 날
은 함박눈이 내리던 밤이었다. 우리는 쌍둥이 털모자를 쓰
고, 분홍색 벙어리 장갑을 끼고 바깥으로 뛰쳐나갔다. 너무
늦은 밤이라 아무도 없는 아파트 골목, 사박사박한 눈이 여
기저기 불 꺼진 별빛 대신 눈부신 조명이 되어주고 있었다.
신들의 사이, 짙푸르고 널찍한 하늘 공간에서 눈이 마구 쏟
아져 내리고 아파트 주변은 환희와 기쁨의 침묵으로 가득했
다. 침묵의 환호는 그저 조용한 것과는 다르다. 그것은 거부
할 수 없는 신들만의 소리다. 세상의 모든 잡소리를 덮어버
리는 묵직하고 신성한 제1의 소리다. 엄마와 나는 이 길고도

깊숙한 침묵에 녹아들어 금세 말을 잃고, 연신 고개를 꺾어 하늘을 올려다보았다. 아파트 거인신들은 위풍한 자태로 그런 우리를 내려다본다. 인간은 이렇게, 본의 아니게 신들을 향해 경배와 제의를 지내게 된다.

아파트 신으로부터 보호받는 인간들끼리는 서로를 지정된 행성 숫자로 기억하곤 한다. 내가 702호로 불리던 시절의 어느 날, 그곳에 머무른 지 9년 만인가 처음으로 102호 아이와 말을 섞을 일이 있었다. 그 녀석은 무척이나 못나게 생긴, 그리고 목소리도 행동도 허스키했던 동네 골목대장 여자아이였다.

102호: 언니 나 알지!

'안녕'도 아니고 '나 알지'라고 첫 말을 건 그 녀석은 그날 그 순간 친구들과 무언가로 한참이나 실랑이를 벌이고 있었고, 궁지에 몰리자 누구든 얼굴이 익숙한 어른이 필요했던 차였다. 나는 몹시 반가운 척하며 102호의 필요를 한껏 충족시켜주었는데, 그게 그토록 은혜로웠던 모양인지 이후로 녀석은 나를 마주칠 때마다 강아지처럼 아는 척을 했다. 그렇지만 우리는 오래 함께할 수는 없었다. 102호와 말 같지도 않은 말을 섞고 나서 두 달 뒤 나와 가족들은 이사를 가게 되었던 것이다.

102호: 언니 가지 마라.
녀석이 눈물을 글썽이면서 내 옷자락을 잡았다.
나: 내가 너 요만할 때부터 살았다.

나는 엄지손가락 한 마디를 보여주고, 102호의 머리를 두세 번 쓰다듬고는 가던 길을 가는 수밖에 없었다. 걷다가 무슨 미련인지 뒤를 돌아보니 그 녀석이 한참이나 나를 바라보고 있다. 열여섯 살 차이가 나는 102호와 702호는 아파트 신들의 품에서라면 친구 같은 것이 될 수 있다. 세상 쩌렁이며 놀다가 할머니의 부름에 집으로 들어가는 것을 볼 때, 퇴근하는 길 지친 발걸음으로 올라탄 엘리베이터가 7층에서 멈춰 설 때, 우리는 서로 묘한 안도감을 느꼈으리라.

"아빠는 반드시 이런 아파트를 다시 구할 것이다."

이사 가던 날 아빠는 다짐하듯 내게 말했었다. 안락한 신들의 품에 다시 들기 위해 온 식구가 악착같이 굴어야만 하는 시절이 덮쳐왔지만, 우리 식구만을 위해 영원히 양팔을 벌

236

려주던 거인신은 다시는 만날 수 없었다. 그 후 나는 오래도록 생각했다. 그날 우리는 왜 신들의 세계로부터 쫓겨났던 것일까? 혹시라도 우리가 이토록 선한 거인신을 모독했던 적이 있었던가? 우리가 감사할 줄 모르는 삶을 살았던가? 목련을, 장미를, 고양이를, 신들이 동시에 내려다보던 그 비밀스러운 놀이터를 잠시라도 잊었던가? 시간이 멈추는 기적을 무심결에 지나쳤던가?

지독하고 몸서리쳐지는 직장을 견디며 몇 번의 병치레를 겪은 후 나는 결혼을 하기로 결심했다. 신혼여행을 가던 날, 택시 한 대가 이제 막 신랑이 된 남자와 나를 태우고, 우리를 마중 보내러 나온 아빠 엄마 곁에서 멀어지기 시작했다. 나는 뒤를 돌아 뒷 좌석 창문으로 한참이나 그들의 얼굴을 바라 보았다. 두 사람은 딸기처럼 새빨간 코를 하고 계속해서 손을 흔들었다. 나는 속으로 외쳤다. 아빠 엄마 미안해요, 나는 나만의 삶을, 나만의 신을, 나만의 담벼락 골목을 찾아야 할 것 같아요. 나만의 침묵을, 나만의 별빛을 찾아야 할 것 같아요. 아빠 엄마 미안해요, 미안해요.

Digital Life Goes On
인생은 돌고 돌고

2000년대 초반의 일들이다. IMF 시절부터 종이 신문사의 경영이 휘청휘청하는가 싶더니, 신문 기자 아빠가 이끌던 우리 집 경제도 반 토막이 났다. 그 당시 아빠는 더 이상 기사를 쓰지 않고 신문사의 미래 사업에 신경 쓰고 있었는데, 2G 통신을 하는 피처 폰으로 뉴스 콘텐츠를 서비스하는 일이었다. 나는 이미 인터넷 뉴스를 보는 데 익숙했고, 웹사이트를 만드는 취미에도 푹 빠져 있었기에 아빠가 맡은 사업이 잘되지 않을 것임을 직감했다. 그래도 응원하는 마음을 담아 몇 차례 폴더 폰으로 뉴스를 보기는 하였다. 몇 번이나 버튼을 클릭해야 간신히 뉴스 한 꼭지를 볼 수 있을 만큼 불편했는데, 아니나 다를까 몇 년 후 스마트폰이 등장하면서 이 서비스는 초라한 모습이 되고 말았다. 어리둥절한 아빠는 인터넷의 게시판 목록과 윈도우 파일 목록의 차이를 구분하지 못했다. 종종 인터넷 게시판을 드래그하여 삭제 키를 누르는 모습을 내게 들켰다. 또 이메일에 파일을 첨부하려고 할 때마다 나를 애타게 불렀다. 몇 번은 내가 면박을 줬던 것 같기도 하다.

나는 인터넷 커뮤니티에서 논객이라고 불리는 사람들의 똑 부러진 글들을 자주 읽었다. 메시지가 강하면서도, 논리적이고 진보적인 글들이 사람들 사이에 회자되었다. 나는 그런 글을 공개적으로 쓸 자신은 없었지만 심장은 들끓었다. 촛불 시위에 뛰어나가고, 미국을 비판하는 문구를 프린트하여 동네 아파트 우편함에 몰래 쑤셔넣으며 다녔다. 인터넷 커뮤니티 사람들은 아빠가 다니는 신문사의 기사를 자주 공유했다. 아빠의 회사는 진보 성향으로 알려진 신문사였고, 인터넷 커뮤니티에서 인기가 있어 자랑스러운 마음이 들었다. 사회를 바라보는 아빠의 시선도 신문사의 비전과 일치하는 것 같았다. 나는 아빠를 보면서, 한 명의 인간과 그의 일, 소명의식, 회사의 가치가 일치할 수 있다는 생각을 했다. 한 사람 한 사람의 깨어난 인간이 모여 목소리를 만들고, 이 목소리가 인터넷을 통해 타인의 철학에 기여한다. 그러나 아빠는 정치적인 기사를 쓰지는 않았다. 그 대신 종종 낭만적인 칼럼을 썼는데, 어느 날 아빠의 칼럼에는 이런 문장이 실렸다. "칼 포퍼가 꿈꾸었던 오픈 소사이어티^{Open Society}는 쌍방향으로 소통이 이루어지는 열린 문화로부터 실현될 수 있는 것 아니겠는가. 2030세대가 주도한 새 문화 속에도 갈등은 있다. 바로 5060세대로 지칭되는 기성세대가 그 어느때 보다 소외된 점이다."

나는 졸업을 앞두고 집안 경제에 보탬이 되어야겠다고 다짐했지만, 도통 무엇을 해야 할지 알 수 없었다. 언론방송학과를 전공했음에도 '기자는 절대 안 된다'며 이미 아빠가 선을 굵게 그어놓은 지 오래였다. 친구들은 고시공부를 하거나 대기업에 취직했고, 나도 고시에서 이미 두 번의 과락을 한 참이었다. 대책은 별로 없었지만 고시는 더 시도할 마음이 없었다. 공부를 그만두겠다고 하니 아빠는 아무 말도 않고 방으로 쑥 들어갔다. 좀 화가 난 듯 보였지만 우리는 그 얘기를 더 하지는 않았다. 이러지도 저러지도 못하며 지내던 어느 날, 친구가 화려한 웹사이트를 하나 보여주었다. "이런 걸 만드는 회사가 있다구!" 그녀가 흥분하여 말했다. 나는 "이게 직업이라고?"라고 되물을 수밖에 없었다. 다음 날 즉시, 취미로 만들던 웹사이트를 그 회사에 보냈다. 면접과 합격까지 일사천리였다. 이렇게 된 이상 아빠에게 이실직고해야 했는데, 내가 할 일에 대해서 어떻게 설명해야 할지 막막했다. 회사 웹사이트에 나와 있는 홍보 문구를 긁어 아빠의 이메일로 보내봤지만, 퇴근 후 집에 돌아온 아빠의 머리 위에 물음표가 동동 떠 있는 것이 보였다. "아빠는 너무 모르는 분야라서 무슨 조언을 해주어야 할지 잘 모르겠어." 나는 그 말에서 '진심 어린 모르겠음'을 느꼈다.

몇 년 후 인터넷 포털 회사로 자리를 옮겼을 때, 회사는 신문사들과 뉴스를 서비스하는 문제를 두고 한참 진통을 겪는 중이었다. 신문사들은 콘텐츠에 대한 정당한 권리를 주장했지만, 이미 키^{key}는 우리 회사에 있어 보였다. 나는 그런 사회적 트러블과는 무관하게, 젊고 명랑한 회사의 분위기가 좋았다. 아침 11시 쯤 임직원 카페에서 커피를 마시고 있자면 시대의 프론티어가 된 느낌마저 들었다. 나의 아침은 느즈막했지만 뉴스 편집팀 동료들은 새벽 일찍 출근했다가 이른 오후에 퇴근했다. 그들은 가끔 새로운 시대의 기자 같다는 생각이 들었다. 나는 뉴스와 관계 없는 일을 했기 때문에, 아빠와 회사에 대해 이야기할 일은 많이 없었다. 그저 언젠가 딱 한 번 아빠가 말했다. "너네 회사가 좀 하는 짓이 나빴어. 기자들이 열심히 쓴 것을 갖다가 그렇게 취급하면 되니?" 아빠가 한참 많은 기사를 쓰던 현역 기자 시절에는 밤 11시 이

전에 들어오는 날이 많지 않았다. 비쩍 마르고 허연 아빠는 늘 피곤에 절어 있었고, 주말에는 침대에 뻗어 일어나지 못했다. 어린 나와 동생은 주말엔 만화 잔치를 봐야 했기 때문에 8시면 눈을 떴다. 그리고 9시부터는 한 시간 간격으로 안방에 쳐들어가 노래를 불렀다. "아~빠~~ 일~! 어~! 나~! 요~! 아홉 시가 다~! 됐~! 어~! 요~!" 12시까지 총 네 번의 나팔을 불도록 아빠가 일어나지 않으면, 동생과 나는 딱 포기하고 인형놀이를 하러 갔다.

바야흐로 2010년대가 되었다. 프로그래머 사위를 맞은 아빠는 우리 부부에게 자주 흥분된 목소리로 말했다. 얘 그런 거 안 되니? 이 스마트폰 카메라로 책을 찍으면 딱 글자가 돼서 들어오는 거야. 아주 기가 막히지 않니. 너네도 그런 걸 해야 큰 돈을 벌 수 있지. 그럴 때마다 나와 남편은 아빠에게, 대부분 기술이 이미 세상에 나와 있다는 이야기를 해야만 했다. 그리고 우리는 그런 멋진 기술을 가진 사람들이 아니라는 말도 덧붙였다. 나와 남편은 젊은 시절의 아빠를 능가하는 야근과 철야를 반복하며, 돈으로 돈을 만들어내는, 자본주의의 정점에 있는 서비스들만 다뤘다. 그래도 아빠는 인터넷에서 새롭고 신기한 것을 발견할 때마다 그 미래에 대해 우리의 의견을 물었다. 아빠가 관심을 보이는 대부분의 기술과 담론은 미국 자본과 마케팅이 주도하고 있었으므로, 나와 남편의 반응은 늘 시무룩했다. 알파고 같은 것은 나와는 관계없는 일이었다. 나는 뉴스와 주식 시장에 매일 오르내리는 회사들을 거쳤지만, 그다지 행복한 직장생활을 하지는 못했다. 한 인간과 일, 소명의식, 회사의 가치는 하나로 이어질 수 없다는 것도 오랜 고통 끝에 깨달았다. 좌절감에 수시로 발버둥 치는 내게, 남편은 '그냥 직장인일 뿐'이라고 선을 그었다. 내가 전문가이든 직장인이든, 세상은 빠르게 변했다. 그저 평범한 직장인으로 살아남기 위해서라도, 핀테크니 AI니 하는 트렌드는 항상 공부해두어야만 했다. 새로운 기술은 내게도 취미의 영역에서 생존의 영역으로 들어선지 오래였다.

아빠는 신문사 은퇴 후 아주 잠깐, 대학에서 학생들에게 기사 작문을 가르쳤다. 한때 인터넷 커뮤니티에서 사람들의 진보의식을 일깨우던 기자들은 '기레기'라는 별명을 얻게 된 지 오래였다. 과연 아직도 어린 학생들에게 기사 작문 공부가 의미 있을까? 나는 그 질문을 단 한 번도 아빠에게 한 적이 없다. 기자가 기레기가 된 건, 어쩌면 내가 다녔던 그 회사 때문일 수도 있다는 생각을 몰래 했었으니까. 피가 끓는 젊은이들은 '공유와 공감'의 정신으로 콘텐츠를 나누었지만,

생사의 코너에 몰린 기자들은 자극적인 제목을 뽑아 클릭을 구걸할 수밖에 없었을 테니까. 인터넷 기업들은 콘텐츠 시대를 열며 신흥 부르주아들을 탄생시켰다. 이 업계의 불꽃을 보고 뛰어든 젊은이들은 연봉을 14분의 1로 나눈 월급을 받고, 동이 틀 때까지 일했다. 미래 기술, 공유, 소통, 진보 같은 말들의 존재감은 그리움보다도 더 먼 곳에 있었다.

이 와중에 우리 아빠는 어떤 사람인가? 늘 씩씩한 아빠는 어느 날, 대학 작문 강의에서 '무려 95점'의 강의 평가를 받았다며 내게 자랑했다. "그런데 있잖아." 아빠가 뒤이어 말했다. "평균이 96점이야." 나는 아빠와 한참을 낄낄거렸다. 아빠는 개인적으로 소규모 클래스도 열어 학생들을 가르쳤다. 교재도 만들고, 소셜 강의 사이트에 홍보도 하고, 인터넷 강의 방법을 공부하는 데도 열심이었다. 나는 아빠에게 SNS와 인플루언서의 힘에 대해 몇 달을 강조했지만, 아빠는 영 낯간지러운 모양이었다. "아빠 스타일은 좀 아닌 것 같아." 나는 그때부터 아빠가 무엇을 하든 별 잔소리를 하지 않았다. 인터넷이니 기술이니 따위를 알던 모르던, 아빠는 아빠만의 디지털 라이프를 산다. 어느 날은 아빠에게서 희한한 카톡이 왔다. "지금 말라." 뭘 말어? 도통 무슨 뜻인지 알 수 없어 전화를 걸려고 하는데 금세 다른 카톡이 왔다. "지금 말로 카톡 보낸다." "손가락." "손가락 하나도 안 쓰고."

키나발루에서의 명상
배신하지 않는 것은 단 하나 월급뿐이다

코타키나발루 해변의 화려함은 모처럼의 휴가를 만끽하는 내게 양가감정을 일으킨다. 적도의 강렬한 빛이 내 마음의 굴곡진 모양을 뚜렷한 대비로 그려낸 탓이다. 예를 들면 나는 이런 명상을 했다.

나이가 들고 삶에 적응하기 시작하면서, 내게 분명한 평온을 가져다 준 것은 타협이다. 카뮈는 『시시포스의 신화』에서 그것을 '철학적 자살'이라고 표현했다. 나는 그저 개인적인 신, 희망의 신, 기복의 신과 믿음으로 결탁하는 검증된 방식을 쓰면서 내면의 복잡한 문제를 모른 체해왔다. 나는 긍정과 낙천성의 그늘 아래에 숨어 있으려고 애썼고, 바보같이 해맑고 밝게 웃으면서 지냈다.

솔직하게 말하자. 십수 년간 사회생활 속에서, 소명의식과 휴머니즘의 가치를 실천하는 삶이 정신적 보상으로 이어지는 쾌감은 경험할 수 없었다. 그러니까 나에 대해서도 타인에 대해서도 세상에 대해서도 완전히 잘못 짚었던 것이다. 우리의 일터란 정신이 자라나기에 마땅한 토양이 아니다. 실천적 삶을 살기에는 더더욱이 그렇다. 사람은 잊혀졌고 이합집산과 경쟁만이 있다. 내가 옳다고 믿었던 미덕들은 여지없이 무너졌다.

배신하지 않는 것은 단 하나 월급뿐이다. 월급이야말로 그 모든 꼬인 실을 풀어주는 핵심 열쇠이다. 내가 차츰차츰 그것을 받아들이는 데 얼마나 많은 시간을 들였던가? 내가 이 말을 하기까지 얼마나 오랫동안 죄책감과 수치심을 가졌던가? "다달이 멈추지 않는 돈은 기쁨이다. 돈은 코타키나발루의 빛이다. 돈은 바다에 어른거리는 별자리, 야자수를 하늘거리게 하는 바람의 춤이다."

일상을 지내면서 타인이 제시한 원칙에 기대는 것, 코치코치 캐묻지 않는 것, 내 주장을 하지 않는 것은 내게 평안을 가져다 주었다. 스스로를 죽이는 덕분에 나는 한동안 감사함과 충만함이 가득한 마음으로 잠자리에 들었다. 내게 주어진 모든 것, 인생의 중간중간 찾아온 과분한 행운에 감사했다. 이따금 사물에, 사람에 메시지를 심어놓는 대자연에 감사했다. 깊이 스쳐 지나갔던 강아지의 존재에, 엄마 그리고 아버지의 건강에, 동생이 안정을 찾은 것에, 남편의 사랑스러움에, 일거리를 제안하는 동료에, 명확한 상사에게, 그 모든 것에 감사했다. 그러나 그 수많은 감사함의 대상에 '나'는 없다. 오직 나를 향한 '성은'만이 있다. 아름다운 코타키나발루는 보상이다. 열심히 두드려 맞은 내게 따라주는 황금의 술잔이다.

명상을 여기에서 끝낸다면 못내 섭섭하다. 이상이 깨진 것에 실망하지만, 이제는 이상에 의존하지 않고 스스로 서 있는 내가 되어 있음을 본다. 나는 안다. 타협의 삶이 무엇인지를. 타협은 이따금 나를 쪽팔리고 부끄럽게 만든다. 그러나 나의 삶 전체를 단단히 지탱하며 다음을 기약할 수 있게 한다. 타협하는 내 모습을 직시하고 축복할 수 있는 자존감이 생겼다는 사실이 내겐 소명의식보다 더 중요하다.

모델링

'나름대로' 단순한 인생 원리 4가지

어릴 땐 삶이 '사명'으로 굴러간다고 믿었지만, 이제는 '원리'로 굴러감을 이해한다. 인생은 명확한 법칙에 따라 흐른다. 그래서 '어떻게 살아야 해요?'라고 물으면 특별히 할 게 없다고 답할 수밖에 없다. 자동차는 이미 정교하게 만들어져 있는 거라서, 엔진의 출력이 어떻고 압력이 어떻고 역학이 어떤지 따져 알아두고 계산할 필요가 없다. 원리대로 굴러간다는 것을 밑바탕에 깔아둔 채 그저 주어진 운전대를 이리저리 돌려보고, 엑셀을 밟고, 때때로 브레이크를 걸 뿐이다.

인생 원리는 복잡하지 않다. 그동안 살면서 배운 많은 심플한 원리들과 일치한다. 중요한 원리는 다음과 같다.

1. 모눈종이의 단계를 건너뛰는 법이 없다.

(정교한 수학 이론을 배제하고 쉽게 비유하자면) 1에서 2가 되려면 1을 더해야 한다. 1이 5가 되고 싶으면 1을 반드시 네 번 더 더해야 한다. 죽어라 땡깡을 부려도 1을 네 번 더하지 않고 단숨에 5로 도약할 수는 없다. 또한 5는 1을 다섯 번 품은 것이다. 5는 그 존재를 5로 시작할 수 없다. 인간이 1의 상대적 좌표일 뿐인 5를 온전한 존재라고 믿는 이유는, 존재가 마치 '언어'에서부터 태어나 정의 된 것처럼 보이기 때문이다. '오'라고 부를 수 있는 정해진 실체가 있다고 여겨지기 때문이다. '오'는 허상이다. '오'는 있다고 믿기로 한 합의된 존재일 뿐이다. 물은 100도가 되어야 끓고, 100도는 1도에서부터 1도씩 99번 올라가야 한다. 이 과정이 없는 '끓는 물'이라는 존재는 완전히 허상이다. 인생 또한 거칠 과정을 차례대로 거쳐야만 내가 원하는 곳에 도달한다.

2. 변화해야만, 변화한 만큼만, 변화된 길을 간다.

인간은 자신이 삶의 운전대를 자유롭게 돌린다고 생각하지만 대부분의 순간은 그렇지 않다. 믿는 대로, 생긴 대로, 경험 대로, 습관 대로 같은 것을 보고 익숙한 것을 선택한다. 이를 두고 무명과 무지에 있다고 한다. 무명의 인간은 같은 관점을 고수하고 같은 마음을 먹고 같은 행동을 취하면서 왜 결과가 달라지지 않는지 한탄한다. 이것이 카르마에 허우적대는 모습이다. 인간은 그 존재가 육중한 카르마 덩어리이다. 그렇다고 해서 반드시 카르마대로만 살아가야 하는가 하면 그렇지 않다. 어렵지만 인간은 자신의 길을 바꾸고 콘트롤한다.

어떻게 하면 어제와는 조금 다른 선택을 할까? 다르게 볼 줄 알면 다른 선택을 한다. 어떻게 하면 다르게 볼까? 다른 것을 받아들이면 다른 시각을 얻는다. 어떻게 받아들일까? 자신의 코어를 비우고 거기에 타자를 가득 채운 다음, 자신됨의 프로그램을 다시 짜면 된다. 말은 쉽지만 이 과정은 엄청난 고통을 수반한다. 어떨 땐 시절과 목숨을 건 자기 도약의 과정이 된다. 자신의 한계와 마음의 그릇을 넓히는, 심장에서 손끝까지 이어지는 무자비한 고통을 동반하는 과정이 된다. 변화를 향한 시그널이 느껴져도 자기 부정의 고통에 단숨에 뛰어들기는 쉽지 않다. 그러나 조금만 용기를 내면 코어를 비운다는 게 그렇게까지 죽어 나자빠질 일은 아니라는 걸 금방 알 수 있게 된다.

3. 모든 인생 이벤트는 '사랑한다'와 '사랑해줘'의 변주곡이다. 분노, 좌절, 슬픔, 모든 부정적 감정과 이벤트는 실연의 결과이다. 행복, 충만, 기쁨, 모든 긍정적 감정과 이벤트는 소통

됨의 결과다.

나를 알아주지 않는 것, 나를 이해해주지 않는다고 느끼는 것, 내 말을 듣지 않는다고 생각하는 것, 나와 다르고 불편하다고 느끼는 것, 내게 중요한 이야기를 해주지 않는다고 생각하는 것, 모두 '사랑해줘'의 여러 갈래다.

사랑은 '에너지'의 시적 표현이다. 에너지는 위에서 아래로, 고기압에서 저기압으로, 플러스에서 마이너스로 흐른다.

누군가가 에너지를 보내면 누군가는 받는다. 타겟팅Targeting 되고 수용된 에너지는 '응답받은 에너지'다. 이때 에너지를 주고받는 당사자들은 서로 사랑한다는 것을 안다.

누군가를 타겟팅했음에도 수용되지 못한 에너지는 '응답받지 못하는' 에너지다. 그 에너지는 보내보았자 갈 곳을 잃고 자기 자신으로 회수되어 심장을 타격한다. 짝사랑이나 실연의 아픔 또는 분노가 이 고통과 정확히 같다.

4. 에너지(사랑)를 잘 이해하면 변화를 일으킨다.

자신의 코어를 비우고 타자의 에너지를 받아들인 사람은, 자신과 타인의 빛을 같이 낸다. 에너지를 보낸 사람은 에너지를 받아준 사람에게서 자기 자신의 모습을 발견하고, 그 모습을 사랑하게 된다.

'내가 널 왜 사랑하는가 하면……' 하고 읊는 모든 면은 자기

253

자신의 사랑할 만한 점이다. 우리 모두는 사실 자기 자신을 사랑한다.

사랑을 주고받는 두 사람은 함께 좋은 것들을 만들어낸다. 그렇지만 그 좋은 것의 영향력이 둘 사이에만 단단하게 묶여 지루해지며 에너지 교환이 정체하는 시기가 온다. 이 사랑이 지속적으로 좋은 결과를 내려면 두 사람 모두 계속 변화해야 한다.

누군가를 향한 에너지가 미성숙하고 비뚤어진 사람은 질투, 시기, 분노, 냉소에 휩싸인다. 이들은 타인에게 제대로 에너지를 보내는 법을 모르거나, 에너지를 보낸 후 받아들여지지 않은 것에 소심하게 화풀이 하는 축이다.

'내가 널 왜 싫어하고 인정하지 않는가 하면……' 하고 읊는 모든 면은 자기 자신의 미워하는 점이다. 상대방의 '못난 반응'은 내 '못난 소통'에서 비롯되었기 때문이다. 엄연히 갖고 있기 때문에 자연스럽게 드러내야 하지만, 미워하는 면이어서 억누르고 있는 스스로의 모습이며, 실은 그 자체로 인정받고 싶고 사랑하고 싶은 본래의 모습이다.

이 미움을 극복하고 자기를 인정하는 사람은 타인 또한 받아들이며 이전보다 더 큰 일을 해낼 수 있게 된다. 나만큼 타인도 불완전하며 사랑과 인정을 갈구한다는 것을 이해할 수 있게 되기 때문이다. 에너지 지능, 즉, 공감 능력이 높아지는 것이다.

누군가에게 에너지를 보내고, 소통에 성공했다 여겼는데 어느 순간 이 흐름이 끊기고 더는 원하는 응답을 받지 못하는 사람은 '실연'의 고통에 몸부림친다. 나는 그를 사랑함을 알지만 사랑한다고 전할 수 없으며, 그에게서 사랑한다는 답 또한 들을 수 없다. 에너지를 받아줄 단 한 명의 주인을 향해 발버둥 치지만 그 시도가 성공하지 못할 것을 알고 있어 에너지가 타겟을 잃는 극도의 카오스 상태다.

이 혼란스러움을 가만히 받아들이고 사색하면, 혼란을 분별하는 시각이 발달하고 그 혼란을 시적으로 표현할 줄도 알게 된다. 그래서 한 사람이 아닌 여러 사람을 위한 말과 행동을 한다. 주변 사람과 짝사랑의 상대에게 자신의 마음을 직접적으로 들키지 않으면서도 그 사랑을 표현하고자 하기 때문이다. 그리하여 이들은 잠시나마 예술가가 되며, 비록 사랑의 대상은 아니었지만 개개의 삶 속에서 사랑을 이해하는 대중이 그 예술에 감응하기에 이른다. 응답받지 못하는 사랑은 '대가를 바라지 않는 사랑'과 같다. 그래서 이 사랑을 할 줄 아는 사람은 더 큰 변화를 일으킬 수 있다.

인생 원리의 요약. 정확히 지나쳐야 할 인과를 거쳐야만, 가고자 하는 곳에 도달한다. 바로 옆의 타인을 사랑하여 나를 변화시켜야만 다음 단계의 길을 펼쳐낸다. 대가를 바라지 않는 사랑의 고독함 속에서 비로소 예술의 경지에 이른다.

순간을 마음 깊은 곳에 새기다
오로지 추억만을 위해서

아마도 지금으로부터 70년 쯤 후에 있을 이야기다.

흐드러진 노란 유채꽃밭 한가운데, 나는 회사에서 나눠준 카키색 엑스라지 티셔츠를 잠옷 대신으로 입고, 한참이나 목을 빼어 기웃기웃 서 있다. 날이 좋고, 구름도 없다. 허리까지 오는 긴 머리가 살랑 바람에 날려 볼을 간지럽힌다.

해가 중천에 뜰 무렵 비로소, 나는 저 멀리 하늘색과 노란색이 맞닿는 경계선에서, 10년간 기다려온 어떤 장면을 본다. 아기돼지 패턴이 박힌 분홍 사각 팬티 차림의 남편이 찡찡이 목소리로 매누라 하며 어정어정 뛰어오는 것을 본다. 나는 꽃밭에서 벌떡 일어나 궁뎅이 춤을 추기 시작한다.

오로지 그 순간, 딱 나랑 당신만 아는 그 평범하고도 아름다운 순간을 다시 마주하기 위해서, 나는 지금 확고하고 진실한 시간을 쌓아간다.

그가 죽은 날

비루하더라도 살아남는 게 좋다고 생각한다, 나는

아무렇지 않은 척 명랑하게 지내다가 오늘은 울컥 운다.

가치를 대변하고 또 지키며 살고자 할 때, 저열한 자기 자신
에게 얼마나 배신당하는지 나도 조금은 경험할 기회가 있었
다. 매 순간 매 사안에 갈등하고 씨름하여 간신히 가치를 지
키는 선택을 했더라도, 나만 고독해지고 손해보는 억울한
느낌이 들며 내 그릇과 자격을 끊임없이 의심하게 되는 고
통을 아주 약간은 안다. 남들이 내게 나쁘게 대한 게 확실해
도, 스스로에 대한 부끄러움이 조금이라도 있다면 타인에
대해 하소연할 수 없는 고통을 아주 조금은 안다.

나는 비루하고 비겁해서 살아남는 게 좋다고 생각했다. 살

아 있어야 또 좋은 일도 하고 은혜도 갚고 용서도 하고 재기도 하지, 그렇게 생각은 했다. 그렇지만 이제는 안다. 그렇게 살아남아도 결국에 가서는 은혜 갚지 않고 용서하지 않고 재기할 그릇도 못 된다는 걸. 내가 내 생각보다 훨씬 못한 그저 그런 인간이라는 걸.

그도 그렇게 될까 봐서 죽었나 보다. 그래도 난 살아 있으니까 말할 수 있는데. 나는 비록 비루하지만 '당신이 있어서 내 삶이 좋았어요, 내가 빚졌어요'라고.

지나간 과거를 축복하기

'지금'의 나로서 살아 있는 것을 축복하면
싫었던 과거도 눈부시게 빛난다

싫었던 시간을 무를 수 없다. 무를 필요도 없다. 과거가 늘 기쁘고 좋을 필요 없고, 그럴 수도 없다. 과거 어떤 순간 내가 불행해 했던 것은 사실이지만 무언가에 불행했다는 건 죄도 아니고 틀린 것도 아니다. 삶에 배움터라는 비유가 붙어 있다지만, 매순간을 한치의 오차도 없이 완벽하게 깨달으면서 살아야 하는 건 아니다. 순간의 터득이란, 다음의 낯선 순간이 찾아오면 깨지고 말아서 그저 지나간 편견이 되어버리기 일쑤다. 그러니 지나간 인생을 두고 손해와 이득을 재무제표처럼 따지려는 것은, 누구도 풀 수 없는 시험문제를 손에 구겨 쥔 채 답을 풀려는 것과 같다.

그렇다면 지나간 아쉬움은 죄다 포기하면 될 일일까? 다행

262

히 우리 모두가 지닌 역량이 있다. 과거를 바라보는 시선을 바꾸는 힘이다. 그 힘의 비법은 축복에 있다. 과거를 축복하면 시간의 총아인 내가 빛나고, 지금을 축복하면 나라는 총체를 만들어낸 과거의 면면 또한 살아나 빛난다.

그러니 그저 이렇게 기도하면 될 일이다. 내게 지금 시간이 있음에 감사하다. 나는 오늘 죽지 않았고 지금이라는 시간에 대해 생각할 수 있었다. 내 손에 쥐고 있다고 착각을 일으키는 모든 물질에 감사한다. 나도 모르게 고르고 선택해온 길에, 선택의 기회가 있었던 삶에, 1분 뒤를 다시금 모색할 수 있음에 감사하고 감사한다.

미래를 미리 축복하기

이 순간 이 시간을 항상 축복하면
미래의 나는 행복한 사람이 되어 있을 것이다

내게 주어진 시간이 적은지 많은지 알 수 없다. 그저 시간이 있음에 감사하다. 오늘 하루도 촘촘히 보냈다. 정신없이 뭘 열심히 하며 살았다는 뜻이 아니다. 그냥 재미있게 일을 했고, 문제가 잘 안 풀려 고민하고, 동료와 웃었고 친구와 통화했다. 배가 아프고 빈혈도 있고 몸이 쑤시기도 했다. 지루함도 고요함도 멍 때리는 순간도 있었다. 그래도 그 시간이 다 좋았다. 시간에 앞서지도 않고 뒤처지지도 않고 함께 흘러가 좋았다.

어제는 S와 투닥거리다 삐치고 왕 하면서 울었다. 피곤한 와중에 별것도 아닌 몇 마디 말이 섭섭해서 그랬다. 속이 상해 투덜투덜하면서도 내심, 생이 다해가는 시점에는 이런 서운

한 감정들도 몹시 그리워질 거라는 생각이 들었다. 그래서 토라져 있는 순간마저 잠깐 즐겼다. S가 외출해서 저녁 내내 나 혼자 있는 날은 TV를 계속 켜두지 않아서 좋다. 그가 없어서 외롭다. 혼자 밥을 먹어서 쓸쓸하다. 하지만 외로움도 조용한 거실도 좋다. 잠이 쏟아지는 가운데 그를 기다린다. 잠이 들랑말랑 한 시선 너머, 탁자 위의 귤 바구니와 하얀 빨래가 아른아른하다.

문득 이런 소소한 평화가 깨질 미래의 어느 순간을 상상한다. 누군가를 잃게 될 때, 내 것이라고 생각했던 것을 잃게 될 때, 나 자신을 잃어버릴 때가 있을 것이다. 나는 쥐고 있는 게 많고 내 것이라 칭하는 게 많아 이별이나 상실을 상상할 때 겁이 난다. 언젠가 이 문제에 대해 내내 생각했던 날, 결국 나는 그 두려움 앞에 초연해질 수 없고 그럴 필요도 없다고 생각했다. 매사 최선을 다 한대도, 모든 날들을 오로지 사랑만 했다 하더라도, 오히려 그렇기 때문에 더더욱 결국에는 회한이 남을 것이다. 나는 살고 싶어.

그래도 내게는 과거를 한 땀 한 땀 추억할 충분한 시간이 주어지리라. 바로 그게 삶의 전부다. 그러니 이 별것 아닌 순간들을 소중하게 품어 안아, 아직 오지 않은 미래를 축복한다.

내일을 미리 축복해두면, 오늘의 슬픔과 외로움, 헛헛함마저
아름다움의 일부가 될 것이다.

배신하지 않는 것은 월급뿐이야

속지 않고 버티면서 회사에서 즐겁게 살아남기

초판 1쇄 인쇄 2021.10.22
초판 1쇄 발행 2021.10.27

지은이 박지연
펴낸이 김선식

경영총괄 김은영
편집주간 김지환
책임마케터 권장규
마케팅본부장 이주화
마케팅2팀 권장규, 이고은, 김지우
미디어홍보본부장 정명찬
홍보팀 안지혜, 김재선, 이소영, 김은지, 박재연, 오수미, 이예주
리드카펫팀 김선욱, 염아라, 김혜원, 이수인, 석찬미
뉴미디어팀 허지호, 임유나, 배한진
저작권팀 한승빈, 김재원
경영관리본부 허대우, 하미선, 박상민, 김민아, 윤이경, 이소희, 이우철,
              김재경, 최완규, 이지우, 김혜진, 오지영, 김소영
디자인 노승우 표지&본문 그림 박지연

펴낸곳 다산북스 출판등록 2005년 12월 23일 제313-2005-00277호
주소 경기도 파주시 회동길 490
전화 02-704-1724
홈페이지 www.dasanbooks.com
이메일 samusa@samusa.kr
용지 IPP · 인쇄 민언프린텍 · 코팅 및 후가공 제이오엘앤피 · 제본 정문바인텍

ISBN 979-11-306-7781-1 03810